天使たちのカレンダー

宮川ひろ・作
ましませつこ・絵

はじめに

ぼくのなまえは、水木哲平《みずきてっぺい》といいます。

こけしをつくる、ミズキという木でつくってもらった、木の人形《にんぎょう》なんです。赤《あか》ちゃんほどもある大きな人形です。

サトパン先生の教室《きょうしつ》で、ずっとくらしてきました。サトパンというのは、佐藤正子《さとうまさこ》先生のニックネームです。パーンとはじけたようにあかるくて、やさしい先生です。サトパンというなまえの、よくにあう先生です。

もしかしたら、ぼくのことをしっていてくれる人も、いるかなとおもうのですが……。そう、『天使《てんし》のいる教室《きょうしつ》』という本《ほん》の中で、あきこちゃんとそのおなかま、一年《ねん》二組《くみ》を、ずっとみつめてきた、人形《にんぎょう》の哲平《てっぺい》です。

ぼくはこれまで、サトパンの教室《きょうしつ》しかしらなかったのですが、こんど、木村《きむら》ゆきこ先生の教室へいってみることになりました。

ゆきこ先生は、サトパンのお友《とも》だちです。なかよしの友だちだから、サトパンの教室《きょうしつ》へもよくきてくれて、ぼくとも、ずっとまえからなかよしの先生なんです。

ゆきこ先生は、いま、ゆりのき小学校《しょうがっこう》で〈のびのび学級《がっきゅう》〉をうけもっています。〈のびのび学級〉というのは、体《からだ》がすこし弱《よわ》かったり重《おも》い病気《びょうき》のあとだったりで、ゆっくり勉強《べんきょう》したい人《ひと》たちのクラスなんだということです。

「てっぺいくん、うちのクラスへあそびにきてみない？〈のびのび〉の子はかわいいよ。すぐとなりに大きな公園《こうえん》のある学校《がっこう》なのよ。校長《こうちょう》先生はね、〈のびのび〉の子どもを、学校のまん中へおいて、だいじにしてくれてるの、すてきな先生よ。」

そういって、さそってくれました。

ぼくがまよっていると、サトパンが、

「てっぺい、いちど、よその学校《がっこう》へいって勉強《べんきょう》してくるのも、いいもんだよ、いっておいで。」

なんて、きらくにいって、クラスの子どもたちにもきいてくれました。

「勉強《べんきょう》してくるんなら、かしてあげてもいいけれど、いつかえってくるの。」

子どもたちがいいました。

「そうね、ゆきこ先生の へのびのび学《がっ》

級《きゅう》〉では、毎年《まいとし》、楽《たの》しいカレンダーをつくるのよね。そのカレンダーをおみやげにもらって、かえってくるのって、どう?」

サトパンがききました。

「おみやげをもらってくるのなら、いいよ。」

と、そんなことで、ぼくはしばらく〈のびのび学級《がっきゅう》〉でくらすことになりました。

ゆきこ先生がむかえにきてくれたのは、五月もなかばの、土曜日《どようび》の午後《ごご》でした。

月曜日《げつようび》まで、ゆきこ先生のうちへ、とめてもらうことになりました。ゆきこ先生の家族《かぞく》は四人《にん》。おとうさんと、お兄《にい》ちゃんのやすしさん、妹《いもうと》さんのともちゃんです。

もうふたりとも大学生《だいがくせい》だということです。

「てっぺいくん、よくきたね。」

「てっぺいくんに、あってみたかったんだ。」

なんて、かんげいしてもらって、うれしいやら、てれるやらでした。

朝《あさ》になると、ゆきこ先生は、ぼくを自転車《じてんしゃ》のかごにのせて、ゆりのき小《しょう》学校《がっこう》へはしりました。

ゆりのき小《しょう》学校《がっこう》は、五月《がつ》のふかいみどりの中にありました。学校と地《じ》つづきのところに、広《ひろ》いひろい公園《こうえん》がありました。雑木林《ぞうきばやし》がどこまでもつづいていました。垣根《かきね》もフェンスもありません。林の中にはいくすじもの道《みち》があって、つえをついたおとしよりが、ゆっくりとさんぽしていました。犬《いぬ》をつれた人《ひと》もいました。子どももはしっていました。

「どう、てっぺいくん、いいところでしょう。この公園《こうえん》が、ゆりのき小《しょう》学校《がっこう》のあそびばよ。」

ゆきこ先生はじまんげにいって、大きな木の下でとまりました。

「てっぺいくんほら、みてごらん。これがユリノキよ、大きな木でしょう。花がさいているのよ。」

ゆきこ先生はぼくをだきあげると、高《たか》いたかいをしてみせてくれました。

大きな木です。木のてっぺんまではみえません。うしろにさがりながら、みせてくれました。

「ね、これがユリノキよ、すごいでしょう。」

ゆきこ先生は、またいいました。

花屋《はなや》さんでうっている、ユリの花ではありません。大きな木にさくユリ

ノキの花でした。幹《みき》の太《ふと》さは、子どもがふたりでかかえるほどもありました。はんてんをひらいたような形《かたち》のはっぱです。だから「ハンテンノキ」ともいうのですとか。花はみどりがかった、黄色《きいろ》です。チューリップににた形の、大きな花でした。

ユリノキは何本《なんぼん》もありました。公園《こうえん》ができるまえから、ずっとここにたっていた木なのでしょうか。りっぱなユリノキがあるから、それで「ゆりのき公園」ていうのかとおもいました。

「このあたりいったいはね、もとは、飛行場《ひこうじょう》だったんですって。むかし、日本《にほん》が戦争《せんそう》をしていたころのことよ。戦後《せんご》は、アメリカ軍《ぐん》に占領《せんりょう》されていて、日本人《にほんじん》は、出入《でい》りできないところだったのよ。やっとかえしてもらって、集合住宅《しゅうごうじゅうたく》がいっぱいできたの。公園《こうえん》も学校《がっこう》も病院《びょういん》もできて、町が生《う》まれたのよ。」

ゆきこ先生が、はなしてくれました。

「ゆりのき小学校」の〈のびのび学級《がっきゅう》〉には、どんな友《とも》だちがまっていてくれるのか。ぼくはどきどきしながら、あした、みんなにあえるのを、楽《たの》しみにしています。

もくじ

かんげい会《かい》

「さ、ここが、〈のびのびクラス〉のおへやよ」

月曜《げつよう》の朝《あさ》、ゆきこ先生は、ぼくをだいたまま教室《きょうしつ》へはいりました。

まだ、だれもきていない教室《きょうしつ》です。

「てっぺいくんのせきは、どこにしようかな。」

ゆきこ先生はそういいながら、エレクトーンのよこへいすをおいて、そこへぼくをすわらせました。

カーテンをひらくと、みどりのひかりが、いっぱいにさしこみました。へやの中があかるくなって、みえてきました。

教室《きょうしつ》に色《いろ》がありました。あったかい色です。床《ゆか》にはじゅうたんがしいてあります。花があります。絵《え》も、いっぱいありました。子どもの作品《さくひん》です。ちいさなカメやザリガニ、それからインコもすんでいました。

「てっぺいくんですよ。きょうから友《とも》だちね。」

ゆきこ先生は、もういちどぼくをだきあげて、教室《きょうしつ》のいきものにも、あいさつさせてくれました。

そこへ、ふたりの先生が、ほとんどいっしょにはいってきました。

「おはようございます。やあ、てっぺいくん、まっていたんだよ。」

そういってだきとってくれたのは、のっぽの青木《あおき》ゆうた先生です。

「中村《なかむら》のりこです。よろしくね。」

中村《なかむら》先生は、かみの毛《け》のながい、おねえさん先生でした。ぼくのおでこをつんつんとつついて、それがあいさつです。

〈のびのび学級《がっきゅう》〉には、先生が三人《にん》もいてくれるのだそうです。どんなふうに勉強《べんきょう》するのかな。おもしろいクラスのようです。

「あ、もう子どもたちがやってくる。みんながそろうまで、こっちでまっててもらおう。」

ゆうた先生は、カーテンでしきられた奥《おく》のへやへ、ぼくをつれていきました。ここは先生たちが、仕事《しごと》をするところでしょうか。つくえの上には、本《ほん》や書類《しょるい》がつみあげてありました。

「ここでまってってくれよ。」

ゆうた先生は、ぼくをつくえの上にすわらせると、教室《きょうしつ》のほうへいってしまいました。

「おはようございます。てっぺいくん、ほんとにくるの。」

「いつ、くるの。」

「お　は　よ。てっ　ぺ　い　く　ん　は?」

ゆっくりのあいさつは、だれだろう。

声《こえ》がひとりずつふえて、にぎやかになっていきます。あの声は、背《せ》の高《たか》い子かな、どんな顔《かお》かな……。ぼくは、耳《みみ》をすませて、お友《とも》だちのようすを、おもいうかべてみます。

いつかぼくは、学芸会《がくげいかい》のがくやにいれてもらったことがありました。そのときとにた気分《きぶん》です。

「さあ、みんながそろったから、てっぺいくんをよんでみましょうか。」

ゆきこ先生の声《こえ》です。

「よべば、くるの。」

「どこから、くるの。」

ろうかやまどのそとを、みまわしているようすが、みえるようです。

「てっぺいくーん。」

「てっ　ぺ　く　ん。」

よんでもらって、ぼくは、ゆうた先生にだかれて、みんなのまえにたちました。

「おお、てっぺいくんだ。」

みんなたちあがって、うれしさいっぱいの顔《かお》でむかえてくれました。

お友《とも》だちは、八人《にん》です。

よろこんで、大かんげいしてくれているのは、よくわかるけれど、ぼくはちょっと、とまどってもいました。

ずっと、サトパン先生のところにいて、いっしょにくらしてきたクラスとは、だいぶちがいました。学年《がくねん》の上の子も下の子もいっしょです。教《きょう》室《しつ》をあるきまわっている子もいました。のりこ先生にだっこしている子もいます。

クラスというよりは、おうちというようなところなんだ。そうおもった

ひさお　あきら

らぼくもおちつきました。

「ひとりずつ、てっぺいくんをだいてあげて、〝いらっしゃい〟をしましょうか。」

ゆきこ先生がいいました。はしからじゅんばんです。

「てっ　ぺ、てっ　ぺ。」

せなかを二回《かい》、とんとんしてくれた、あきらくんは四年生です。ことばがゆっくりです。

いきなりぼくの両《りょう》手《て》をもつと、ひざのうえでさかだちをさせたのは、ひさお

くんでした。びっくりしました。ひさおくんは二年生です。
さなえちゃんは、はにかみながら、ほおずりをしてくれました。やわらかいほっぺたでした。さなえちゃんも二年生です。
「やすひろです。三年生です。」そういってぺこんと頭《あたま》をさげたひょうしに、ぼくとごっつんこしてしまったやすひろくん。
のりこ先生にだっこしたまま、ぼくを

だいてくれた、たかしくん。あまり表《ひょう》情《じょう》はないけれど、しっかりとだきしめてくれました。三年生です。

あやちゃんも三年生です。だっこではなくて、ぼくをおんぶしたがっています。ことばがうまくでないのでしょうか。手まねでゆきこ先生にたのんでいます。

「おんぶしたいのね。」ゆきこ先生が、ぼくをせなかにのせてやると、「フフ……」ってわらってくれました。

ゆうこちゃんは四年生、へのびのびクラ

ス〉のおねえさんというかんじです。「まってたんだから。」そういって、ぼくの頭《あたま》をくるくるってなでてくれました。

　まきちゃんは二年生。ぼくをだっこするといきなりほっぺにチュウをしてくれました。まわりのみんながよろこんで、拍手《はくしゅ》です。

　八人《にん》が、それぞれにむかえてくれて、あいさつがすみました。

　そのとき、四年生のゆうこちゃんが、声をあげました。ぼくの頭《あたま》をくりくりしてくれたゆうこちゃんです。

「てっぺいくんのかんげい会《かい》だから『カレンダーのうた』をよむんでしょう。」

「そうかそうか、そうでした。ゆうこちゃんよく気《き》がつきました。一年生のかんげい会《かい》のときに、〈のびのび〉では、『カレンダーのうた』をよんで〝とてもよかったよ〟って、ほめられたものね。」

ゆきこ先生が、うなずきながらいいました。

「よもうぜ。」

「よ　も　う　よ　も　う。」

みんな、もりあがっています。「カレンダーのうた」って、どんなうたなんでしょう。

「あきらくんにあわせて、ゆっくりだよね。」
のりこ先生がいいました。

四月《がつ》　さくらがさいたら　一年生
五月　元気《げんき》におよぐ　こいのぼり
六月　あじさいさいて　かたつむり
七月　プールでおよぐよ　すーいすい
八月　いなかへいこう　夏休《なつやす》み
九月　うさぎがもちつく　十五夜《じゅうごや》さん
十月　かけっこがんばる　うんどう会《かい》
十一月　たんじょう会《かい》も　たのしいよ

十二月　クリスマスプレゼント　なんだろう
一月　たこあげ楽《たの》しい　お正月《しょうがつ》
二月　豆《まめ》まき　せつぶん　おにたいじ
三月　ももの花さいて　ひなまつり

ことばのゆっくりな、あきらくんにあわせてよみました。すると、わらべうたのようなかんじになって、のびやかに、気《き》もちよくきこえてきます。うれしかったよ、ありがとうです。ぼくは、さなえちゃんにだいてもらって、きいていました。

よみおわったとき、教室《きょうしつ》のうしろから、拍手《はくしゅ》がおこりました。ふりむくと、女の人《ひと》がにこにことたっていました。

「あ、校長《こうちょう》先生。」

「こ　う　ちょ　せんせ。」

みんながよびかけました。女の校長《こうちょう》先生です。

「うまくよめたね。校長室《こうちょうしつ》まできこえてきたから、はしってきたのよ。」

校長《こうちょう》先生は、もう一度《ど》拍手《はくしゅ》してくれました。

「てっぺいくんの、かんげい会《かい》なんだよ。」

ひさおくんがいうと、さなえちゃんが、ぼくを、校長《こうちょう》先生のところへつれていってくれました。

「てっぺいくんですか。〈のびのび〉へよくきてくれました。なかよしになってね。よろしくね。」

校長《こうちょう》先生は、ぼくのせなかをやさしくとんとんしながら、ことばをかけてくれました。

「もういちどよみたい。」

ゆうこちゃんが、またいいました。

「はい、それでは、もういちどね。」

ゆきこ先生のあいずで、もういちどです。さっきより、もっと元気《げんき》のいい声《こえ》です。校長《こうちょう》先生はぼくをだいたまま、いっしょによんでくれました。

このうたは〈のびのび〉の友《とも》だちが、みんなでつくったうたなんだそうです。

紙版画《かみはんが》で、カレンダーをつくることになって、

――四月《がつ》には、どんなことがあるかな――

――五月《がつ》で、おぼえていることはなあに――

と、みんなでかんがえていって、まとめたうたでした。できあがったカレンダーは、教室《きょうしつ》のかべにかけてあります。

休《やす》み時間《じかん》のチャイムがなりました。ぼくは、エレクトーンのよこのせきにおかれました。

みんなそとへでていきました。先生がたもいっしょです。

あきらくんだけが、でていきたがりません。

「ね ん ど す る。」

あきらくんは、ねんどであそびたいようです。まどがわにおいた作業《さぎょう》台《だい》の上に、ねんどはおいてありました。

「あきらくんも、いこうよ。」

ゆうた先生が、さそいました。それでもあきらくんはうごきません。もう、ねんどをこねはじめていました。ゆうた先生は、あきらくんをひとりだけ、教室《きょうしつ》へのこしておくのが心配《しんぱい》のようです。

そこへ、上級生《じょうきゅうせい》らしい男の子がはいってきました。

「ゆうた先生、ぼくがいるからいいですよ。」

男の子は、さわやかにいいました。

「正彦《まさひこ》くん、いつもありがとう。じゃあたのんだよ。」

ゆうた先生は、あんしんしたようすでそとへはしりました。男の子は、五年生のようです。かぶっている野球帽《やきゅうぼう》のよこに、「五一一杉山正彦《すぎやままさひこ》」とありました。よく、〈のびのび〉の教室《きょうしつ》へきてくれているようです。

「あきらくん、きょうそとへいきたくないの。」

正彦《まさひこ》くんがききました。

「だっ　て、てっ　ぺ　く　ん　が、ひ　とりになるもの。」

あきらくんが、そういったのです。ぼくはびっくりしました。

「ああ、てっぺいくんがきたんだ。そうだったのか、あきらくんてやさしいな。」

正彦《まさひこ》くんは、ぼくをひょいとだきあげながら、いいました。やさしい声《こえ》でした。

あきらくんは、ねんどでなにかつくっています。口をちょっとあけて、よだれをすりこみながら、いっしょうけんめいです。手の中から生《う》まれてきたのは、ちいさなゾウでした。

「あきらくんは、絵《え》もうまいけど、ねんどもうまいねえ。鼻《はな》も耳《みみ》もいいよ。」

ぼくをだいたまま、正彦《まさひこ》くんが感心《かんしん》しています。ところが、たたせてみたら、足のバランスが悪《わる》いのか、ことんとたおれてしまいました。

「おっとっとっと。」

正彦《まさひこ》くんがあわてています。

あきらくんは、ちっともあわてないで、うしろへもう二本《ほん》、足をつけたしました。足が六本《ぽん》です。

「え?」って、ぼくだっておもいました。

「そうか、ころばないように、ささえてやったんだよね。」

正彦《まさひこ》くんは「よかったよかった」というように、そういいました。おかしいなんて、ちっともおもっていないようです。

「てっぺいくんにつかってもらえるでしょうか。公園《こうえん》のさんぽも、いっしょにいってほしいから。」

そういって、朝《あさ》の教室《きょうしつ》へ、ベビーカーをもってきてくれたのは、ひさおくんのおかあさんでした。

「ありがとうございます。まあ、よく気《き》がついてくださって。」

ゆきこ先生がおれいをいっています。

ぼくはもう二十年あまりも、「教室《きょうしつ》わらし」をしているけれど、ベビーカーにのせてもらうのは、はじめてのことです。

「てっぺいくんを、のせようのせよう。」

一ばんにぼくをだきあげたのは、ひさおくんです。

「ぼくが赤《あか》ちゃんだったとき、のってたベビーカーなんだぞ。」

ひさおくんが、とくいげにいいました。

「ぼくにもおさせてよ。」

「わたしにもね。」

そこでもう、うばいあいになりました。

「じゅんばんだろう。なあ、てっぺいくん。」

ゆうた先生が、とぼけた声《こえ》でぼくにいいました。

「ぼく、一ばん。」

ひさおくんの、とうぜんだろうという顔《かお》です。

ぼくをのせたベビーカーは、ろうかをはしって校長室《こうちょうしつ》です。〈のびのび〉の友《とも》だちは、なんでも、一ばんに、校長先生にしらせようとおもうのです。校長先生が、〈のびのび〉の子どもをだいじにおもっていることを、みんなはちゃんとしっていました。

じつは今朝《けさ》はやく、校長《こうちょう》先生は、まだだれもきていない〈のびのび〉の教室《きょうしつ》をのぞいてくれました。そして、ぼくをだいていったのです。

「てっぺいくん、すこしはなれた? 学校《がっこう》の夜《よる》はさびしいでしょう。〈のびのび〉をよろしくね。すこしおくれている子も、すすんでいる子もみんないっしょっていう、そんな気《き》もちを育《そだ》てたいのよ、ね。」

そんなひとりごとを、ぼくにきかせてくれたのでした。すてきだなあって、うれしくなりました。

「校長《こうちょう》先生、てっぺいくんのベビーカー、ぼくが赤《あか》ちゃんだったときの、ベビーカーだよ。」

ひさおくんが、またいいました。

「そう、そう、ありがとう。ほら、てっぺいくんがよろこんでる、ね。」

校長《こうちょう》先生のことばがおわらないうちに、

「ベビーカーおすの、じゅんばんなの、ぼく二ばん。」

たかしくんがいいます。

「わたし、三ばん。」

まきちゃんもいいました。

「いいよ、二ばんにおす人《ひと》どうぞ。」

ひさおくんは、校長《こうちょう》先生のまえでいい子になって、たかしくんとこうたいしました。

「たかしくん、よかったね。先生はだれのつぎかな、いれてね。」

「いいよ、一ばんあと、さなえちゃんのつぎ。」

「さなえちゃんのつぎは、なんばんめ。」

校長《こうちょう》先生がききます。

「ううんとね、一、二、三、四、五、六、七、八、九、先生は九ばんめ。」

みんなでかぞえてくれました。

「ありがとう、ぬかさないでね。」

「ぬかさないけど、いなくなったらだめですよ。」

校長先生《こうちょうせんせい》は、ときどき、おへやにいなくなることもしっています。ベビーカーのほうこくができて、また〈のびのび〉の教室《きょうしつ》へもどりました。

〈のびのび〉では、詩《し》をよんで朝《あさ》がはじまります。詩をよむことが大すきなみんなです。これまでよんできた作品《さくひん》が、大きな紙《かみ》にかかれて、イーゼルにのせてありました。

イーゼルは、パネルシアターのときにもつかうので、〈のびのび〉ではイーゼルのことを、パネルの舞台《ぶたい》ってよんでいます。いつでもよめるようになっていました。

ことばのおくれている子でも、リズムのあることばは、子どもの心《こころ》をはずませます。サトパン先生も、詩《し》や絵本《えほん》をたくさんよませていたことをおもいだしました。

「たんたん、たんぽぽさんの詩《し》がよみたい」

まきちゃんがいいました。

そうそう、いきなり「たんぽぽ」っていうよりは「たんぽぽ」のまえに、「たんたん」とつけるほうがいいやすいんです。たんたんでリズムがとれて、「たんぽぽ」につながります。いままで気《き》がつかなかったことを〈のびのび〉の友《とも》だちは気づかせてくれます。

「それでは『たんぽぽさん』をよみますよ。」

ゆきこ先生が、パネルの舞台《ぶたい》にのせてあった作品《さくひん》の中から、『たんぽぽさん』をぬきだして、一ばん上におきました。

たんぽぽさん
かんざわとしこ
のはらが　つけた
きいろい　ボタン
たんぽぽさん
たんぽぽさん
ちょうちょが　やすむ
かわいい　おいす
たんぽぽさん
たんぽぽさん

公園《こうえん》のたんぽぽの花の中で、なんべんでもよんだ、だいすきな作品《さくひん》なのでしょう。ゆっくりとよみました。手をたたいて、リズムをとりながらよみました。

さなえちゃんは、体《からだ》の中にいっぱいことばをもっているのに、音《おと》にして、ことばがだせない子です。ぼくといっしょだなあっておもいました。声《こえ》にだして詩《し》をよむことはできないけれど、先生がつかう指示棒《しじぼう》をもって、文《も》字《じ》をさしてくれます。さしながら心《こころ》をはずませて、体《からだ》でよんでいます。

「きょうは、ちがう『たんぽぽ』をよんでみますよ。」

ゆきこ先生は、大きな紙《かみ》にかいたあたらしい作品《さくひん》を、パネルの舞台《ぶたい》におきました。みんなじっとみつめています。声《こえ》にして、よみはじめている子もいます。

たんぽぽ

かわさき　ひろし

たんぽぽが
たくさん飛《と》んでいく
ひとつひとつ
みんな名前《なまえ》があるんだ

おーい　たぽんぽ
おーい　ぽぽんた
おーい　ぽんたぽ
おーい　ぽたぽん
川に落《お》ちるな

「わたしによませてください。」

のりこ先生が手をあげて、一ばんによみました。

「ぼくもよみたい。」

そういって、こんどはゆうた先生がじょうずによみました。それからみんなでよみました。何回《なんかい》もよみました。

「こないだ、公園《こうえん》で、たんぽぽの種《たね》とばしたよ。」

たかしくんがいいました。

「川におちたら、芽《め》がでないから、〝落《お》ちるなよ〟なんだよ。」

まきちゃんが、わかったわかったという顔《かお》です。くりかえしよんでいるうちに、わかったことでした。

「川へおちたら、ながされちゃうものね、土がないと芽《め》がだせないんだ。」

ひさおくんも、なっとくです。

「みんなよくわかるね、それじゃあ〝おーい〟〝おーい〟ってよんでるのはなあに。」

ゆきこ先生は、わかんないという顔《かお》です。

「先生、わかんないの、なまえをよんでるんでしょう。種《たね》にみんななまえがあるんだよ。」

たかしくんが、たちあがっていいました。

「なまえ、なまえ。」

「種《たね》のなまえ。」

みんなから、わかったうれしさの声《こえ》があがりました。

「どんななまえ？」

ゆきこ先生の、あかるい声《こえ》です。

「たぽんぽ」

「ぽぽんた」

「ぽんたぽ」

「ぽたぽん」

みんながことばにするたびに、ゆきこ先生が黒板《こくばん》にかいていきます。

そのとき、ゆうた先生が、た・ん・ぽ・ぽと、一字《じ》ずつかいたカードを、みんなにわたしてくれました。

「ほら、みて。この四まいのカードを

くみあわせて、なまえができたのよ。ならべてみましょうか。」

ゆきこ先生にいわれて、みんな、つくえの上にならべてみました。ゆうた先生とのりこ先生も、てつだっています。

「先生、ちがうなまえもできるよ。ぽんぽた。」

大発見《だいはっけん》はやすひろくんです。大きな声《こえ》でさけびました。

「ぽぽんた」

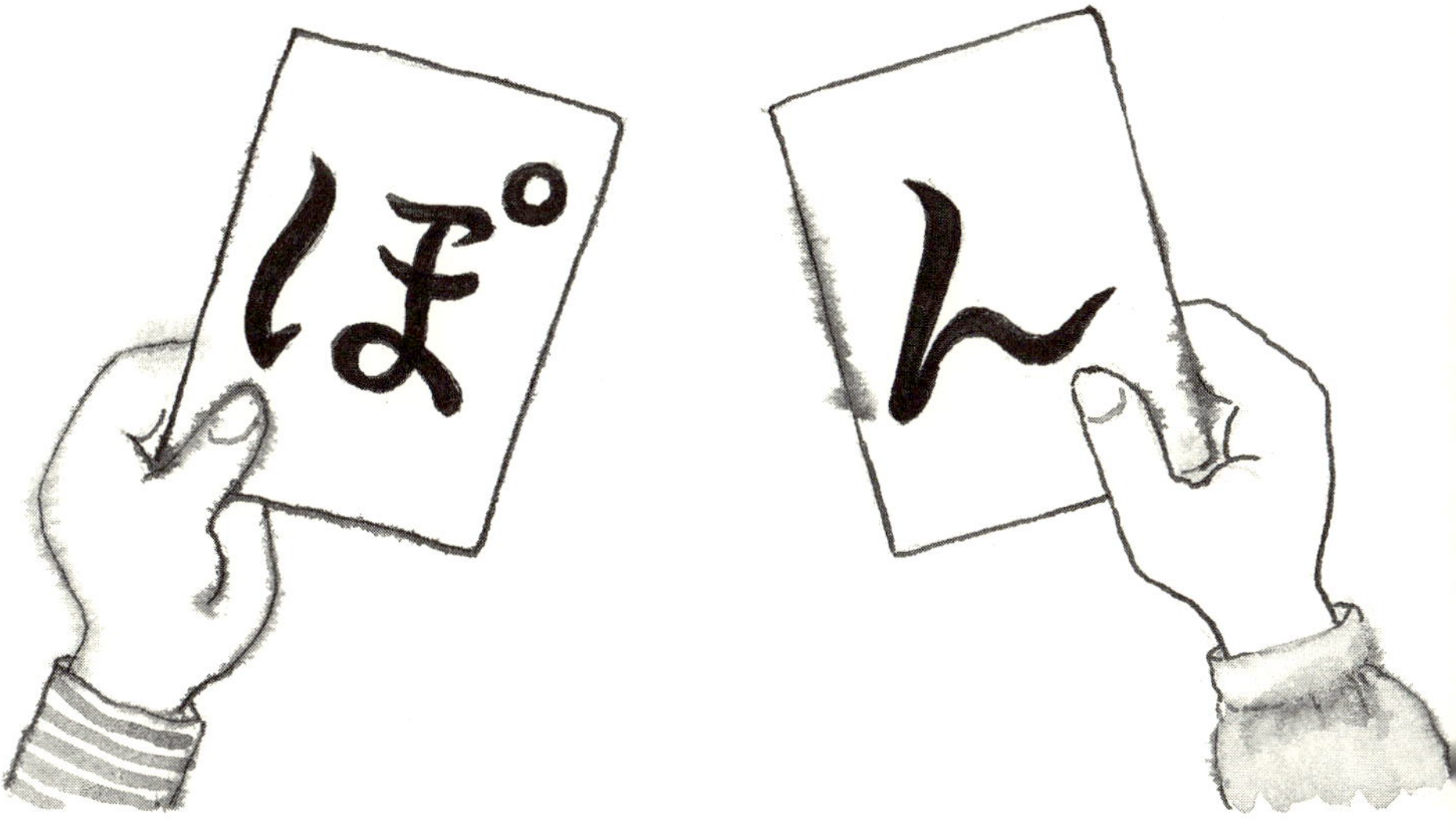

負《ま》けてなるものかと、たかしくんも声《こえ》をあげたのですが、「ぽぽんた」はもうでていました。

カードをうごかしては、まだでていないなまえを、みんなでさがしました。

「ん　ぽ　ぽ　た」

ゆっくりさがしたのは、あきらくんです。うれしそうです。

みんなで、十のなまえがさがせました。

ぽぽんた　ぽんぽた　ぽんたぽ
ぽぽたん　ぽたぽん　たぽぽん
たぽんぽ　んぽたぽ　んたぽぽ　んぽぽた

「さがしたなまえに〃おーい〃をつけて、よんでみましょう。」

ゆきこ先生が、ほっとした顔《かお》でいいました。

「おーい　ぽんぽた」

「おーい　ぽぽたん」

「………　………」

みんながつけたなまえです。力《ちから》をこめてよびました。

「川に落《お》ちるな」とやさしくよびかけて、おもわずみんなで手をたたきました。自分《じぶん》もみんなも、ほめてやりたい気分《きぶん》でした。

「先生、公園《こうえん》へいこう、てっぺいくんをベビーカーにのせてね。」

おもいだして、ひさおくんがさいそくしました。

「公園《こうえん》、いこう。」

「てっぺいくんもつれてね。」

「ベビーカーをおすじゅんばんは、こんどわたしよ。」

まきちゃんが、いいました。

みんなでさんぽにでかけます。

はないちもんめ

「電車《でんしゃ》でいこう。ベビーカーが機関車《きかんしゃ》、運転手《うんてんしゅ》はてっぺいくんだ。」

ゆうた先生がいいました。ベビーカーのハンドルに、二本のロープをむすびつけています。〈のびのび〉では、よく、ロープの電車《でんしゃ》にのって、さんぽにでていきました。

「きかんしゃ。」

「きかんしゃ。」

みんな大よろこびです。機関車《きかんしゃ》のついた電車《でんしゃ》は、はじめてでした。ベビーカーをおすじゅんばんは、まきちゃんです。

「じゅんばんがまもれて、いい子です。いってらっしゃい。」

玄関《げんかん》までみおくってくれた校長《こうちょう》先生は、ひとりひとりの頭《あたま》をなでながらいいました。

せんとうがまきちゃん、まん中がのりこ先生、そして一ばんうしろがゆきこ先生です。二本のロープにつかまって、子ども八人《にん》とおとなふたり、十八人《にん》のりの電車《でんしゃ》です。ゆうた先生は、電車をみまもりながら、よこにたってあるいてくれる車掌《しゃしょう》さんです。ゆりのき公園《こうえん》のたんぽぽはらっぱへむけて、出発進行《しゅっぱつしんこう》です。

みどりいっぱいの林の中の道《みち》を、電車《でんしゃ》はゆっくりとはしります。せんとうをはしるぼくの顔《かお》を、気《き》もちのいい風がなでていきます。

「ポッポー」

「ゴッコンゴッコン」

おもいおもいの声《こえ》をあげて、はしりました。

「はい、ストップ、機関車《きかんしゃ》をおす人《ひと》、こうたいしようか。まきちゃんのつぎはだれかな。」

ゆうた先生がいいました。

「やすひろくん」

みんながいいました。

うれしい顔《かお》のやすひろくんが、まきちゃんとこうたいしようとしたときです。

「ぼくだよ、機関車《きかんしゃ》は、ただのベビーカーとちがうもの、じゅんばんははじめからだよ」

ひさおくんがはしってきて、ベビーカーをもちました。

「まきちゃんのつぎはぼくだもの、四ばんだもの」

やすひろくんだって、負《ま》けてはいられません。

はしってきてとめにはいったのは、ゆきこ先生です。そのゆきこ先生の手に、ガバッとかみついたのは、ひさおくんです。

ゆきこ先生は、すばやくひさおくんの鼻《はな》をつまみました。鼻をつままれ

たら、息《いき》ができなくなって口をあけてくれるからです。ひさおくんがこうなったら、ゆきこ先生でなければ、どうにもならないようです。

ひさおくんは、草《くさ》の上にねころがって、手も足もばたばたさせて泣《な》いています。電車《でんしゃ》をストップさせたまま、みんな心《しん》配《ぱい》そうにみつめています。

ひさおくんは、がまんする力《ちから》が、すこしおくれているようです。でも、学校《がっこう》をでてからここまではこらえられたのでした。まきちゃんとこうたいとなったとき、がまんの糸《いと》がきれたのでした。

泣《な》き声《ごえ》がすこし弱《よわ》くなったのをまって、ゆきこ先生は、ひさおくんをだっこしました。みんなもここでひと休《やす》みです。オオバコをつんで、オオバコのくきで草《くさ》ずもうをしながら、ひさおくんがおちつくのをまっています。

ゆきこ先生は、だっこしたひさおくんのせなかを、やさしくたたいています。

トン　トン　トン
トン　トン　トン
トン　トン　トン　トン
トン　トン　トン

リズムをとりながら、くりかえしくりかえし、たたいていました。

その音《おと》をききながら、ぼくも心《こころ》の中で、トントンと手をうってみました。

あれ、このリズムは三・三・七拍子《びょうし》、スポーツのおうえんのときや、パーティーをおわりにするときなどにもする、あの、ちょうしのいい手じめのリズムです。

このリズムが、心《こころ》にやさしくひびくのでしょうか。ひさおくんは、ゆきこ先生の胸《むね》に顔《かお》をうずめて、しずかになっています。

「じゅんばんは、やすひろくんでいい。」

顔《かお》をあげたひさおくんが、そういったのです。

「よしよし、よくわかったねえ。」

ゆきこ先生が、ひさおくんをだきしめました。みんなもほっとして、のびのび号《ごう》はまた出発《しゅっぱつ》です。

たんぽぽはらっぱにつきました。種《たね》になったたんぽぽがいっぱいです。

一本ずつつんで、息《いき》をふきかけては、種《たね》をとばしました。

「おーい　ぽんぽた。」

「おーい　ぽたぽん。」

「川に落《お》ちるなよー。」

朝《あさ》の教室《きょうしつ》でよんだ詩《し》のことばを、口にのせてよびかけました。

「あれ、あきらは？」

ゆうた先生が気《き》がついて、さがしにはしりました。さっきまで、たんぽぽはらっぱで、みんなといっしょにあそんでいたあきらくんです。

「また、シイの木の上だよ。」

だれも、それほどあわててはいません。ゆっくりと、ゆうた先生のあと

をおいかけました。

あの大きなユリノキのそばの、シイの木の枝《えだ》の上に、あきらくんはいました。下のほうから枝わかれしていて、のぼりやすそうな木でした。下の枝から二ばんめ、三本にわかれた枝は、まるで背《せ》もたれのあるいすのようにこしかけやすい形《かたち》になっています。みどりのひかりをうけてすわっていました。ぽうっとおくのほうをみつめています。

「あきらー。」

「あきらくーん。」

下からよびかけても、ふりむいてもくれません。そこは、あきらくんだけの世界《せかい》なのでしょう。

「はっぱのまどから、雲《くも》をながめているのよ。お空《そら》とおしゃべりしている

のね。」

ゆきこ先生がいいました。

みんな、それぞれの先生の手につながっています。手をつないだらはじまるのが「はないちもんめ」です。ふたくみにわかれて、はじまりました。

ふるさと　もとめて
はないちもんめ
まきちゃんが　ほしい
やすしくんが　ほしい
じゃんけんぽん
あいこで　しょ

勝《か》ってうれしい
はないちもんめ
負《ま》けてくやしい
はないちもんめ

大きなうたごえが、たんぽぽはらっぱにひろがりました。それでもあきらくんは、そのままずっと木の上です。

さんぽのとちゅうのおとしより、ベビーカーに赤《あか》ちゃんをのせたおかあさん、いろいろな人《ひと》がよってきて、うれしそうに見物《けんぶつ》しています。

はりきって、うたごえはいっそう大きくなりました。

ゆきこ先生が　ほしい

のりこ先生が　ほしい

先生たちももらわれて、じゃんけんぽんです。

「あれ、あきらがいない」

ゆうた先生が、またあわてています。

「あきらくん、あきらー。」

ゆうた先生は、よびながらはしりました。ヤマブキのやぶのあたりが、ごそごそとうごいていています。そこだけすこしくぼんで、水たまりになっているやぶの中から、あきらくんは、大きなヒキガエルを、てのひらにのせてでてきました。

「ヒャー。」

一ばんにひめいをあげたのが、ゆきこ先生です。あきらくんは、いとおしそうに、カエルのせなかをさすっていました。

「教室《きょうしつ》へつれてかえろう。」

ひさおくんがいいました。

「うーん、カエルはやっぱり、この木の下の水たまりがいいのよ。ここへおいてあげましょう。」

ゆきこ先生が、いっしょうけんめいいっています。

「先生、こわいの。」

やすひろくんが、わらっています。

「うん、にがて、ごめんね。」

それでカエルは、もとのやぶの中へかえしてやりました。

「さあ、かえりましょう。」

ゆきこ先生の声《こえ》が、いそいでいます。

かえりには電車《でんしゃ》はやめて、ベビーカーをおすじゅんばんは、二十かぞえたらこうたいでかえりました。やさしくおしてくれる子、らんぼうにおしてしまう子、みんなにおされてかえりました。

学校《がっこう》へもどると、休《やす》み時間《じかん》になっていました。

「おかえりなさい。」

はしってきて、〈のびのびクラス〉をむかえてくれる子もいます。その中に正彦《まさひこ》くんもいました。〈のびのび〉へまいにち顔《かお》をみせてくれる、正彦くんです。

つえをついたゾウ

ゆりのき小学校《しょうがっこう》の朝会《ちょうかい》では〈のびのび学級《がっきゅう》〉が、まん中にならびます。朝礼台《ちょうれいだい》のまんまえです。

〈のびのび〉の友《とも》だちには、長《なが》い時間《じかん》じっとしていることは、できない子もいます。ほかのクラスの列《れつ》へ、いってしまったりもします。それでも、つかまえたりおこったりする先生はいません。そばへきたら、だれでも手をつないだり、となりへならんだりしてくれます。

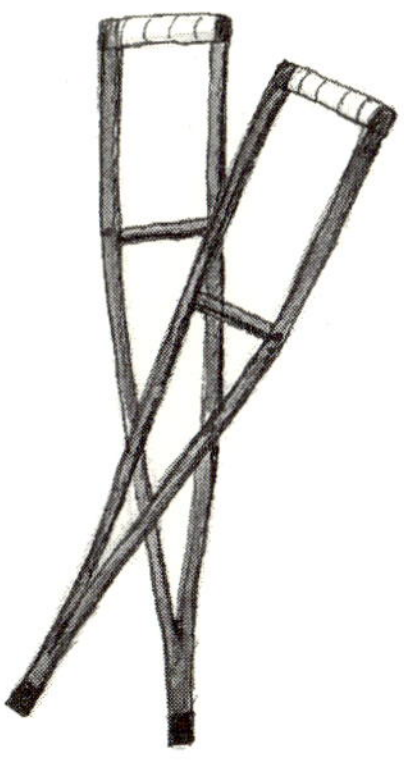

ぼくも、ベビーカーにのせてもらって〈のびのび〉の列《れつ》の一ばんまえにならびます。

六月《がつ》になってまもない朝《あさ》です。校長《こうちょう》先生は松葉《まつば》づえをついて、朝会《ちょうかい》にでてきました。けがをしたのでしょうか。ここ四、五日《にち》、校長先生をみかけませんでした。

校長《こうちょう》先生は、あぶなっかしい足どりで、コトコトとつえの音《おと》をさせながら、ゆっくりと朝礼台《ちょうれいだい》にあがりました。みんなの目が、はらはらと先生の足もとをみています。

「こんなことになりました。」

校長《こうちょう》先生は、はにかんだようにわらって、たっていました。

「どうしたの?」

「おかしい。」

あっちこっちから、そんな声《こえ》がおこりました。

「おかしくない。ころびそうになったら、足をたしてやればいいいの。」

ゆっくりと、力《ちから》をこめていったのは、ぼくのうしろにいる〈のびのび〉のあきらくんでした。

そうか、そうだったのか、ねんどのゾウもころんじゃったから、足をたしてやったんだね。ゾウといっしょ。ぼくは、はじめてわかりました。

「そうなのよ、ころびそうなので、足を二本ふやしたの。あきらくん、ありがとう。」

校長《こうちょう》先生は何回《なんかい》もうなずいて、ことばがとぎれました。胸《むね》をつまらせているようです。

ゆきこ先生が拍手《はくしゅ》しました。拍手はみんなの中までひろがっていきました。

拍手《はくしゅ》がなりやむのをまって、校長《こうちょう》先生は、いつもの笑顔《えがお》になって、話《はなし》をつづけました。

「これは松葉《まつば》づえっていうものなんですがね。ほら、松葉の形《かたち》ににているでしょう。

じつはね、日曜日《にちようび》に買《か》いものにでかけて、駅《えき》のかいだんでころんじゃったんです。ねんざかなとおもったんですが、レントゲンをとってみたら、くるぶしの骨折《こっせつ》でした。はれがひけるのをまって、きのうギブスをしました。しばらく左足をつかってはいけないっていわれて、それならあるけないわけでしょう。でも、このつえがあるから、学校《がっこう》へくることもできました。きのうはまだうまくつかえなかったのですが、だいぶじょうずになったでしょう。」

校長《こうちょう》先生はそんなことをいうと、朝礼台《ちょうれいだい》の上を、コツコツとあるいてみせました。また拍手《はくしゅ》がおこりました。

「こうして、わきの下につえをおくと、ささえてもらえて両手《りょうて》がつかえるんです。台所《だいどころ》の仕事《しごと》もできます。顔《かお》もあらえます。この松葉《まつば》づえ、どなたがかんがえてくださったんでしょうね。とてもいいものです。ありがたいものです。

つえにささえられているのは、足の悪《わる》い人《ひと》たちだけではないよね、どんなものがつえをついているか、つえにたすけられているか。目にみえるつえもあるし、みえないつえもあります。つえをみつけてみてください。」

校長《こうちょう》先生のお話《はなし》は、そこでおわりました。

朝会《ちょうかい》がおわると、それぞれの教室《きょうしつ》へはいります。ゆきこ先生がはしってきて、

「あきらくん、いいこといえたね、すごいね。」

と、かたをたたいていいます。それなのにあきらくんは、すました顔《かお》で、ぼくをのせたベビーカーをおしていいました。

そのとき、ぼくのそばへよってきた、ゆうこちゃんがいったんです。

「ベビーカーは、てっぺいくんのつえなんだよね、てっぺいくん人形《にんぎょう》だからあるけないもの。」

ぼくは、びっくりしました。そのとおりです。ぼくは、ベビーカーと、それをおしてくれる友《とも》だちにつえになってもらって、こうしてどこへでも、つれていってもらえるのですから……。

すぐちかくにいたのりこ先生が、ちゃんときいていてくれました。

「ゆうこちゃん、すごいすごい、すてきなつえがみつけられたじゃあないの、ね。」

のりこ先生の声《こえ》が、うわずっていました。

「なあに、どうしたの。」

ゆきこ先生もゆうた先生も、友《とも》だちも、みんなぼくのまわりへよってきました。

「ゆうこちゃん、もういちど、みんなにおしえてあげて。」

のりこ先生にそういわれても、ゆうこちゃんはもう口をひらいてはくれません。さっきは気《き》がついてすぐ、いっしょうけんめい、ことばにしてくれたのですから……。

「ベビーカーは、てっぺいくんのつえだって、ゆうこちゃんがみつけてくれて……。」

のりこ先生は、ゆうこちゃんがこたえてくれるのがまちきれなくて、かわってみんなにつたえました。

「つえだ。」

「ベビーカーもつえだ。」

「つえ、めっけ。」

と、みんな大よろこびです。

「うん、うん。」

「すごい、すごい。」

ゆきこ先生も、ゆうた先生も手をとりあってよろこんでいます。ゆうこちゃんは、下をむいてはにかんでいるばかりでした。

校長《こうちょう》先生はまだ、朝礼台《ちょうれいだい》のちかくにたったまま、教室《きょうしつ》へもどっていくみんなをみおくっていました。

「校長《こうちょう》先生。」

ゆうた先生がよびました。

校長《こうちょう》先生は、松葉《まつば》づえを大きくまえへすすめながら、ぼくたちのところへきてくれました。

「ゆうこちゃんが、ベビーカーはてっぺいくんのつえだねって、みつけてくれて……。」

のりこ先生が、またつたえました。

「まあ、ありがとう、てっぺいくんのつえは、上等《じょうとう》のつえだね。」

校長《こうちょう》先生の声《こえ》がはずんでいました。松葉《まつば》づえをわきの下にあてて体《からだ》をささえると、ゆうこちゃんの頭《あたま》を両手《りょうて》でかかえて、くるくるといっぱいなでてあげました。

「それじゃあさ、おんぶもだっこもつえかな。」

そういったのは、ひさおくんです。

「そうよそうよ、みんなすごい、うれしいね。」

校長《こうちょう》先生はみんなをだきよせて、かたをたたいてよろこんでいます。

〈のびのび〉の友《とも》だちは、成長《せいちょう》がすこしおくれているなんていうけれど、どうしてどうしてりっぱなものです。おくれてなんかおりません。ぼくは、そういってさけびたくなりました。

「学校《がっこう》の庭《にわ》にも、つえにたすけてもらっているものがあるでしょうかね。

ひとまわりさがして、それからおへやへもどりましょう。」

ゆきこ先生がいいました。

まっさきにはしりだしたのは、さなえちゃんです。さなえちゃんは、体《からだ》の中にいっぱいことばをもっているのに、口からことばがこぼれてこない子です。

「あ、あ、あ。」

声《こえ》をあげて指《ゆび》さしているそれは、三月《がつ》に卒業《そつぎょう》していった人《ひと》たちが、卒《そつ》業《ぎょう》記念《きねん》にうえていったハナミズキです。二本の棒《ぼう》でまださtermsえてありました。校長《こうちょう》先生の松葉《まつば》づえとにているすがたです。

さなえちゃんのあとをおいかけて、みんなもはしりました。ぼくも、あきらくんにおしてもらって、おいかけました。のりこ先生とゆうた先生も、

いっしょにはしりました。ゆきこ先生は、校長《こうちょう》先生をかばいながら、ゆっくりあるいてきました。

「大きなつえだねえ。」

校長《こうちょう》先生が、ハナミズキのつえをなでています。

校庭《こうてい》の南側《みなみがわ》に〈のびのび〉の小さな農園《のうえん》があります。トマトやナスをうえました。もう小さな実《み》がなっておもそうなので、このあいだ、手をそえてやりました。そのとき、つえということばとはむすびつかなくて、ナスとトマトの手でしたのに。いま、みんな、たのもしいつえにみえます。

「つえ、つえ。みんな、つえ。」

「つ　え、つ　え　だ　ね。」

「あ、あ、あ。」

つえをみつけられたうれしさを、自分《じぶん》のことばにしてよろこびました。

教室《きょうしつ》へもどると、ロッカーの上においてあったねんどのゾウを、あきらくんがかかえてきました。

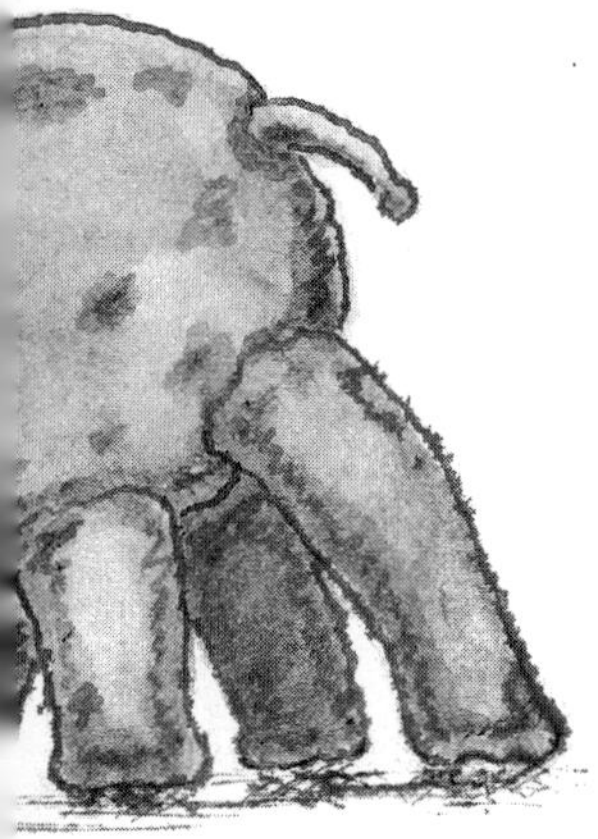

「あきらくんのゾウ、校長《こうちょう》先生といっしょ。」

ひさおくんがいいました。

「つえをついたゾウだね。」

やすひろくんもいいました。


のりこ先生のエレクトーンにあわせて、「ぞうさん」をうたって、〈のびのび〉のきょうがはじまりました。

てんてんてん　カレンダー

「てっぺいくん、ずっと〈のびのび〉にいるの。」

「い　る　の。」

ゆきこ先生にきいています。

「てっぺいくんはね、いま〈のびのび〉へあそびにきているんだから、そのうちかえるのよ。カレンダーができたら、それをおみやげにさよならにしましょうか。」

ゆきこ先生がいいました。

〈のびのび〉では、毎年《まいとし》、紙版画《かみはんが》でカレンダーをつくっています。長《なが》い時間《じかん》をかけて、お正月《しょうがつ》までにしあげます。よそのクラスへプレゼントもします。〈のびのび〉の一ばん大きな仕事《しごと》です。

きょうはその、カレンダーのことを、みんなで相談《そうだん》する日です。いつも、カレンダーづくりをたすけてもらっている、図工《ずこう》クラブの人《ひと》たちも、何人《なんにん》かきてくれるようです。

カレンダー会議《かいぎ》って、どんなことをするのでしょう。ぼくも楽《たの》しみです。

給食《きゅうしょく》がすんで、五校時《こうじ》がはじまると、図工《ずこう》クラブからも三人《にん》きてくれました。その中にあの、杉山正彦《すぎやままさひこ》くんもいました。

つくえを四角《しかく》にならべて、みんながむきあってせきにつきました。黒板《こくばん》には、三年前《ねんまえ》からのカレンダーもかけてありました。

去年《きょねん》のカレンダーは、季節《きせつ》の花でまとめました。そのまえの年《とし》はみんなのすきな詩《し》でつづりました。三年前《ねんまえ》のものは、すきなくだものやたべものでした。

ゆきこ先生は、まえにつくったカレンダーをめくりながらいいました。

「さあ、それで、今年《ことし》はどんなカレンダーをつくってみたいのか、みんなでかんがえる、カレンダー会議《かいぎ》をはじめます。」

ゆきこ先生は、ひとりひとりの顔《かお》をみながら、ゆっくりとかたりかけました。

ああ、そういうことなのか、おもしろそうだぞと、ぼくも体《からだ》をのりだすような気《き》もちで、きいていました。

そのとき、さなえちゃんがせきをたってきて、ぼくをだいてまたせきへもどりました。さなえちゃんは、先生にきかれることがむずかしくて、よくわからなくなると、いつだってぼくをつれていきます。ことばはだせなくても、いっしょうけんめいかんがえようとするのです。

「うん、てっぺいくんといっしょにかんがえてね。」

のりこ先生がいいました。

「図工《ずこう》クラブの人《ひと》たちも、知恵《ちえ》をだしてくれよな。」

ゆうた先生もいいました。

そのとき、ひさおくんがたちあがって、声《こえ》をあげました。じっとしているのが、きゅうくつになったようです。

「てんてんてん　なんじゃらほい

おたまじゃくしが、てんてんてん」

おどりながらうたいだしました。

これはくどうなおこさんの作品《さくひん》です。今週《こんしゅう》ずっとよんでいて、みんながお気《き》にいりの詩《し》でした。「てんてんてん」という音《おと》とリズムが、心《こころ》をひらかせてくれるのでしょうか。

「そうか、うたっておどって、頭《あたま》をやわらかくしてからかんがえようか。」

ゆきこ先生がたちあがって、八れんまでもある長《なが》い詩《し》をかいたものを、パネルの舞台《ぶたい》においてくれました。みんなで大きな声《こえ》でよみました。図工《ずこう》クラブの人《ひと》たちも、おもしろがってよんでいます。作品《さくひん》が楽《たの》しいからでしょう。

てんてんてん　なんじゃらほい
ほたるひかって　てんてんてん
こんやはみずべで　おまつりだ
おどりあかそう　てんてんてん

……　……

……　……

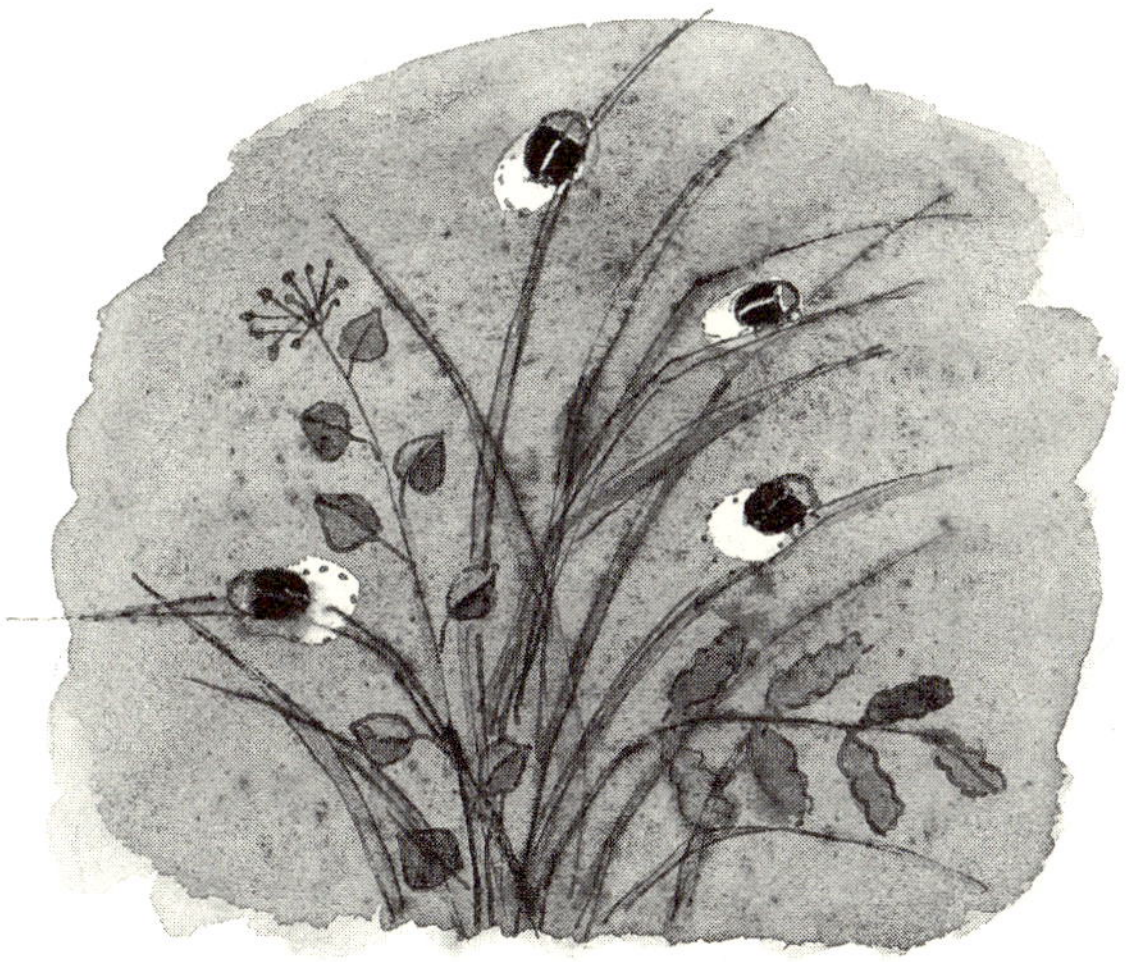

声《こえ》をだしたらすっきりしました。とてもいい顔《かお》になって、またせきにつきました。

そのとき、図工《ずこう》クラブの正彦《まさひこ》くんがいいました。

「てんてんてんておもしろい音《おと》だし、みんなもすきだし、このてんてんてんだけもらって、楽《たの》しかったこととか、おもいだすことなんかと、むすんでみたらどうですか。」

「いい、てんてんてんカレンダー。」

ひさおくんが一ばんにさんせいしました。

「種《たね》から芽《め》がでて　てんてんてん。」

まきちゃんがいいました。

「じゃがいもをうえて、芽《め》がでたときうれしかったものね、あれは三月《がつ》でした。」

のりこ先生が、黒板《こくばん》にかきました。

三月《がつ》　種《たね》から芽《め》がでて　てんてんてん
「いいねえ、いいねえ、てんてんてん。」

みんな大よろこびで、のってきています。

「てっぺいがきた　てんてんてん。」

ひさおくんがいいました。

「それは五月《がつ》でしたね。」

五月《がつ》、てっぺいがきた　てんてんてん

のりこ先生が、また黒板《こくばん》にかきました。

ぼくが〈のびのび〉へきたことが、カレンダーになるなんて、うれしくなります。はずかしくなります。さなえちゃんがほおずりをして、よろこんでくれました。

「そうです、そのちょうし、じゅんじょはかまわないので、おもいだすことを、なんでもあげてみましょう。」

ゆきこ先生がいいました。

でてきたことばは、のりこ先生が黒板《こくばん》にどんどんかいていきました。

たんぽぽ　わたげ

つばめが　ならんだ
はなびが　チカチカ
くりの実《み》が　いたかったよ
おつきみ　おだんご
どんどんやき　おもちをやいておいしかった。
ゆきだるま　バケツのぼうしに、ほうきの手。
あかかぶとれたね、はっぱはみどり。
かきの実《み》があまかった、カラスもたべてたね。
クリスマス　サンタのおじさん。

「さあ、この中から、一月《がつ》の思《おも》い出《で》をさがしましょう。そう、どんどんやきね、おもちをくしにさして、やいてたべたね、どんどんやきのおもちをたべると、かぜをひかないんだよね。」

ゆきこ先生がいいました。ゆりのき公園《こうえん》でやった、どんどんやきをおもいだしています。

一月《がつ》 どんどんやきうれしい てんてんてん

一月《がつ》のことばができてきました。ゆうた先生が、こんどはうしろの黒板《こくばん》にかきました。

「二月《がつ》はどれでしょう。」

そういって、みんながだしたことばを、けずったりつないだりして、じゅんばんにきめていきました。

二月《がつ》　ゆきだるまころころ　てんてんてん
三月　たねからめがでて　てんてんてん
四月　はなのかんむり　てんてんてん
五月　てっぺいがきた　てんてんてん
六月　つばめのあかちゃん　てんてんてん
七月　あかかぶあかいぞ　てんてんてん
八月　はなびがチカチカ　てんてんてん
九月　おつきみおだんご　てんてんてん
十月　くりのみいたいぞ　てんてんてん
十一月　かきのみもらって　てんてんてん
十二月　サンタのおじさん　てんてんてん

できました。

みんなでおもいだして、つないでつくったてんてんてんカレンダーです。よんでいく声《こえ》もはずんでいました。

ことばがきまったら、これに絵《え》をつけて、数字《すうじ》をきりぬいて、版画《はんが》にして、十二月《がつ》までにまとめるのです。リボンでとじてしあげですから、いまからはじめて、こつこつと仕事《しごと》をしていかなければ、まにあわないようです。

「だれが、どの月《つき》の絵《え》をうけもつか、それもきめておきましょうか。」

ゆきこ先生がいいました。

「ぼく、五月《がつ》。」

ひさおくんがいいました。

「五　が　つ。」

すこしおくれて、あきらくんも五月《がつ》です。

「五がつ。」

まきちゃんもいいました。

え、五月《がつ》って、ぼくのところじゃあないか、みんなが、ぼくの絵《え》をかきたいのか。ぼくはてれました。

「みんなが五月《がつ》か、こまったな、それじゃあじゃんけんだ。」

ゆうた先生は、三人《にん》にじゃんけんをさせました。チョキであきらくんの勝《か》ちです。

ひさおくんがまたパニックにならないかと心配《しんぱい》でした。図工《ずこう》クラブの正《まさ》

彦《ひこ》くんが、

「サンタのおじさんも、おもしろいぞ。」

と、さっとたすけてくれて、すなおに、十二月《がつ》にきめました。まきちゃんは、九月のおつきみでなっとくしたようです。

〈のびのび〉の八人《にん》がそれぞれきめて、あまった月《つき》は、図工《ずこう》クラブがうけもってくれることになりました。

どんなカレンダーができるのか、できあがったときは、ぼくがさよならをするときです。さびしいから、そこはまだかんがえないことにします。

きょう、校長《こうちょう》先生の足のギブスがとれました。

カレーの日

〈のびのび〉では、ときどき、自分《じぶん》たちでおひるのごはんをつくってたべています。

きょうはカレーの日、いまその材料《ざいりょう》を買《か》いにいっているので、ぼくがひとりでおるすばんです。

このまえ、おこのみやきをしたときには、ちかくのスーパーでかってきました。きょうは駅前《えきまえ》の商店街《しょうてんがい》までいったようです。きのうは、画用紙《がようし》

でつくったお金《かね》や、やさい、おにくなどをつかって、買《か》いものごっこで勉《べん》強《きょう》しました。きょうは、ほんもののお金《かね》をもっての買いものです。

「じょうずに買《か》いものしてきてね。」

と、校長《こうちょう》先生にみおくられて、でかけたところです。公園《こうえん》へさんぽにいくときとはすこしちがう、ちょっときんちょうしたようすで、でかけました。

だれもいなくなったへやは、しずかです。インコの声《こえ》が大きくきこえます。ザリガニがうごいている音《おと》まできこえてきました。

そこへはいってきたのは、やすひろくんのおかあさんでした。カレーづくりのおてつだいにみえたのです。

「ほうちょうもつかうし、火もつかうんだから、おとなの目がおおいほうがいいでしょう。」

きのう、やすひろくんをむかえにきたときに、ゆきこ先生にそういっていました。

やすひろくんは、めだたない子です。ちかくの学校《がっこう》には、〈のびのび〉のようなクラスがないので、バスにのってゆりのき小学校《しょうがっこう》まで、かよってきているということでした。

「ちょっとはやすぎたかな、くるまえに郵便局《ゆうびんきょく》へよったんだけど、めずらしくすいててね。」

そんなひとりごとをいいながら、まどのちかくへよって、せんすで風をおくっていました。

汗《あせ》がおさまると、おかあさんはぼくをだきあげて、まどぎわのいすにすわりました。

とおくの音楽室《おんがくしつ》から、ピアノの音《おと》がきこえてきます。

「てっぺいくん、いつもやすひろにありがとう。やすひろは、てっぺいくんがだいすきでね、てっぺいくんが〈のびのび〉へきてくれてから、よろこんで学校《がっこう》へくるようになったのよ。」

おかあさんは、ゆったりとぼくをひざにだいて、そんなことをいいました。やすひろくんは、どちらかというと、ぼくをとおくからみているというかんじなのに。そんなに親《した》しい目でみていてくれたのかと、うれしくなりました。

「てっぺいくん、きいてくれる?」

おかあさんは、ぼくと顔《かお》がむきあうようにだきなおすと、かたりはじめたのです。

「やすひろにはねえ、おねえちゃんがふたりいるのよね。どうしても男の子がほしくて、男だって女だっていいのにさ、そんなことをおもったのがいけなかったのね。やすひろはダウン症《しょう》で生《う》まれてきたのよ。まっていた男の子が生まれたのに、わたしは泣《な》いちゃって、涙《なみだ》でむかえちゃったのよ。

あの涙《なみだ》はなんだったんだろうって、おもいかえしてみるんだけどね。重《おも》いものを背負《せお》ってきた、やすひろを心配《しんぱい》するというよりはね、ほかの子とようすがちがう顔《かお》で生《う》まれてきた、この子を、まわりの人《ひと》はどうみるだろうかって、そんなばかなことを気《き》にして、わたしは泣《な》いたんだったって。

そのことが、やすひろにすまなかったって、ずっとおもっているのよ。

なんとかね、すこしでもふつうの子にちかづけたくて、やたらとがんばったときもあったの。まわりに迷惑《めいわく》をかけずに、自分《じぶん》の力《ちから》で生《い》きていけるようにって、たべることも、おしっこやうんちのしつけも、きびしくやってね、親《おや》も子もくたびれはててさ。そんなときに、ここの校長《こうちょう》先生にあったのよ。

〃障害《しょうがい》をもった子を、学校《がっこう》のまん中へおいて、いっしょにくらすことで、健康《けんこう》なふつうの子どもを、大きく育《そだ》ててもらいたいんです。障害《しょうがい》をもった子がくらしやすい学校《がっこう》は、健康な子にだって楽《たの》しいところなんですから。おたがいにつえになりあって、大きくなってもらいましょう〃って、そういってくれたのよ。障害《しょうがい》をもっている者《もの》は、ささえられるばっかりだって、そうおもっていたけれど、ささえることで育《そだ》ててもらったことって、いっぱいあるのよね、やすひろが生《う》まれてきてくれたことが、うちのおねえちゃんたち、そりゃあいい子で大きくなってくれたもの。かなしいこともうれしいことも、やすひろからいっぱいもらって、やさしくなってくれたのよ。こういう子が、どこの家《いえ》に生《う》まれてくるかわからないんだもの、〝男の子でしたか、女の子でしたか〟というように、〝体《からだ》がすこし弱《よわ》いお子さんでしたか、みんなでたすけあって育《そだ》てましょうね〟って、世間《せけん》がうけとめてくれたら、まわりの目を気《き》にすることがなかったら、やすひろのような子どもをさずかっても、こんなになやむことはなかったっておもうのよ。

そんなことを、気《き》にしたわたしがよわむしなんだけどね。

ゆりのき小学校《しょうがっこう》は、すばらしい学校よ、日本中《にほんじゅう》の小学校が、ゆりのき小学校のようになったら、世《よ》の中《なか》がかわるとおもうの。」

おかあさんの、ながいながいひとりごとは、そこでおわりました。ぼくだってなにかいいたかったけれど、ことばを音《おと》にしてだせない人形《にんぎょう》のかなしさでした。

なにもいえないぼくにだから、おかあさんは、心《こころ》のうちをみんなかたってくれたのかもしれません。

買《か》いものからかえってきたようです。にぎやかな声《こえ》からさきにもどってきました。

「おかえりなさい。」

おかあさんは、すばやく涙《なみだ》をふいて、ぼくといっしょに、みんなをむかえました。

「ぼ　く、じゃ　が　い　も　か　え　た　よ。」

「ぼく、カレー粉《こ》。」

「ぼく、おにく。」

それは、やすひろくんでした。

「わたし、たまねぎ。」

「わたし、にんじん。」

かってきたものを、調理台《ちょうりだい》の上におきました。〈のびのび〉のへやには台所《だいどころ》もあります。

みんな自分《じぶん》たちで買《か》いものができたうれしさで、顔《かお》がかがやいています。ことばのでないさなえちゃんは、まきちゃんのうでにつかまって、何回《なんかい》もうなずいていました。

「さなえちゃんは、まきちゃんといっしょにたまねぎをかったの？　よかったね。」

やすひろくんのおかあさんは、さなえちゃんの頭《あたま》をぐりぐりしながら、いっしょによろこんでいます。

「さあ、汗《あせ》をふいてひと休《やす》みしたら、手をあらってはじめましょう。」

ゆきこ先生も汗《あせ》をふいています。

「きょうのカレーはあつそうだなあ。」

うちわをパタパタさせている、ゆうた先生です。のりこ先生はもうとだなから、まないたやほうちょうをだしています。やすひろくんのおかあさんが、それをうけとって、手をかしていました。

じゃがいもをあらって、一つずつ皮《かわ》をむきました。みんなしんけんです。

口がすこしひらいています。よだれをすすりこみながら、ていねいにむきました。皮むきのどうぐをつかってむきました。

たまねぎはたいへんです。パニックになりそうでした。それでも、やすひろくんのおかあさんに、ぬれたタオルで目をふいてもらいながらきりました。にんじんはかたそうです。

「ねこの手よ、上からおすようにしてきりましょう。」

ゆきこ先生の声《こえ》が大きくなります。

もう火がつけられて、なべがかけられました。おにくをいためているのは、ゆうこちゃんです。いっしょうけんめいな顔《かお》です。ゆきこ先生が手をそえてたすけています。いいにおいがしてきました。やさいもいれました。

「いためられたら、水をいれて、やわらかくなるまでにます。」

のりこ先生が、なべのふたをしました。

あついのに、みんななべのちかくでみまもっています。

「こっちへきて、ちょっと風にあたろうよ。」

ゆうた先生が、まどぎわからよびました。

「あと、どのくらいでできあがり。」

なべを気《き》にしながら、ひと休《やす》みです。

「あ、にえてる音《おと》。」

ゆうこちゃんが、耳《みみ》をたてました。

「にえてる、にえてる。」

またみんなで、なべのちかくへよりました。

「それでは、カレー粉《こ》をいれましょう。」

のりこ先生が、小さくきった固形《こけい》のカレーを、ひとつずつもたせてくれました。ゆげのたっているなべの中におとして、ゆうた先生が、ゆっくりかきまわしています。

ごはんもたきあがったようです。

「さあ、スプーンとおさらをならべて。」

ゆきこ先生がいいました。

「校長《こうちょう》先生もよんでこよう。」

ひさおくんがいったときです。

「においがよびにきてくれましたよ。」

校長《こうちょう》先生はもう、入口《いりぐち》にたっていました。もう、つえなしであるけています。

コップに水をくんでくばる人《ひと》、ごはんをもりつける人、カレーをよそる人、ふくじんづけもくばりました。やすひろくんのおかあさんが、さりげなくたすけてくれています。

「いただきます。」

大きな声《こえ》が、まどのそとまではじけました。やすひろくんのおかあさんも、いっしょに「いただきます」です。

夏休《なつやす》みまで、あと一週間《しゅうかん》です、休《やす》みちゅう、ぼくは、校長室《こうちょうしつ》でくらすことになるようです。きのう、校長先生とゆきこ先生ではなしていました。

「どうせわたしは、まいにち一回《かい》はでてきますから。」

校長《こうちょう》先生はそういいました。校長先生ってたいへんなんだなって、はじめてしりました。

おおぜいは　うれしいね

九月《がつ》になりました。二学期《がっき》をむかえた〈のびのび学級《がっきゅう》〉です。

「あしたは、さなえちゃんの親学級《おやがっきゅう》が〈のびのび〉へあそびにきてくれますよ。なにをしてあそびましょうか。」

ゆき子先生がいいました。

「詩《し》、よ　も。」

「詩《し》。」

「詩《し》、だよ。」

みんなはずんで、こたえました。

親学級《おやがっきゅう》ってなんのこと……。ぼくも、はじめはわからなくてとまどいました。

〈のびのび〉の子どもには、もともとそこにいるはずのクラスがあるのです。さなえちゃんは二年《ねん》二組《くみ》、早川《はやかわ》としお先生のクラス、そこを親学級《おやがっきゅう》とよんでいます。

さなえちゃんは、まだ、ことばを音《おと》にしてだせないので〈のびのび〉でゆっくり勉強《べんきょう》しているのでした。どの子にも、さなえちゃんとおなじように、親学級《おやがっきゅう》があります。

だから、ときどき、親学級《おやがっきゅう》へいって、そこで勉強《べんきょう》してきます。音楽《おんがく》や図工《ずこう》、体育《たいいく》など、いっしょに楽《たの》しくやってきます。〈のびのび〉の子がうまくできないときには、親学級のなかまが、つえになってよくたすけてくれました。

あしたは、その親学級《おやがっきゅう》が〈のびのび〉の教室《きょうしつ》へ、みんなできてくれる日です。親学級へいくよりも、きてもらうほうがうれしいのでしょうか。みんな、はりきっておへやのそうじもしていました。

「はるをつまんでとばしたら　しろいちょうちょになりました。」

まきちゃんのすきな詩《し》です。それぞれがすきな詩を口ずさみながら、ぞうきんをあらいました。

〈のびのび〉の子は、リズムのあることばがだいすきです。ことばをだせないさなえちゃんだって、よめないけれどよんでいます。手でひざをうっ

て、うれしい顔《かお》になってよんでいます。

「おそうじがおわったらね、あしたよみたい詩《し》を、一まいずつとってください。」

ゆきこ先生がいいました。

みんながお気《き》にいりの詩《し》は、大きな画用紙《がようし》に、大きな字《じ》でかいてあります。のりこ先生が、それを床《ゆか》いっぱいにおきました。大きなかるたのようです。

まだ、ひらがながみんなよめない子だって、いるようです。それでも絵《え》をみるようによみとって、どれがどんな作品《さくひん》かしっています。

「ぼく、これがすき。」
「わたしは、うさぎの詩《し》。」
「ぼく、きりなしうた。」

どの子も、すきなうたはきまっています。まようことなく、ひろいあげました。大きな紙《かみ》を、体《からだ》にまきつけるようなかっこうで、かかえました。

かたつむり　(リューユイ)　やすひろ
トマト　(荘司《しょうじ》武《たけし》)　あや
くさいっぽん　(まど・みちお)　ゆうこ
うさぎ　(まど・みちお)　まき
おむすびいつつ　(つづき　ますよ)　さなえ

かっぱ　(谷川《たにかわ》　俊太郎《しゅんたろう》)　あきら

きりなしうた　(谷川　俊太郎)　ひさお

とる　(川崎《かわさき》　洋《ひろし》)　たかし

みんながひろった作品《さくひん》を、パネルの舞台《ぶたい》にかさねておきました。あしたのじゅんびはできあがりです。

三時間《じかん》め、はじまりのチャイムがなるのといっしょに、二年《ねん》二組《くみ》の友《とも》だちが、いすをもってはいってきました。うけもちの早川《はやかわ》先生もいっしょです。

のりこ先生が、エレクトーンで『たんぽぽ』の曲《きょく》をひいています。かろやかに、はずむようにひいています。

ゆき子先生が曲《きょく》のリズムにあわせて、手をたたきました。二年《ねん》二組《くみ》がせきにつくのをまちながら、手拍子《てびょうし》はつぎつぎとひろがりました。

一ばんまえにすわっている〈のびのび〉の子どもたちは、いすからたちあがっては、うしろをふりむいて、うれしそうにしています。ぼくだってたちあがって、みんなの顔《かお》がみたくなっています。そのとき、ゆうた先生が、ひょいっとぼくをだきあげて、エレクトーンの上にすわらせてくれました。ここなら、教室《きょうしつ》じゅうがみわたせます。

「あっ、てっぺいだ。」

「てっぺいくん。」

そんな声《こえ》もおこって、小さく手をふってくれる子もいました。やっぱり、

YAMAHA

友《とも》だちいっぱいっていいものです。

「さなえちゃんのクラスのみなさん、ようこそいらっしゃいました。この時間《じかん》は〈のびのび〉で楽《たの》しくあそんでいってください。」

ゆきこ先生のあいさつで、はじまりました。

「〈のびのび〉の子は、詩《し》がだいすきです。みなさんもいっしょによんでくれますか、さいしょに、さなえちゃんのすきな作品《さくひん》『おむすびいっつ』をよみますよ。」

ゆきこ先生のことばがおわるのをまって、さなえちゃんが、指示棒《しじぼう》をもってたちあがりました。パネルの舞台《ぶたい》にのせてある、詩《し》の文字《もじ》をたどろうというのです。

おむすびいつつ

つづき ますよ

おむすび　いいな
ならべて　いつつ
おのりで　まいて
ならべて　いつつ　チョン
おむすび　いいな
えんそく　いいな
……　……
……　……

ことばはでない、さなえちゃんだけれど、棒《ぼう》で文字《もじ》をさしながら、体《からだ》をゆすってとくいそうです。さなえちゃんの、こんないい顔《かお》をみると、ぼくまではずんでうれしくなります。

「チョン」のところで手をうちます。手をうちながら、わらい声《ごえ》がおこります。わらい声をのこしたまま、つぎのおむすびへうつります。二年《ねん》二組《くみ》のみんなも、いっしょに楽《たの》しんでよんでくれています。それがうれしくて〈のびのび〉の子の声《こえ》が大きくなりました。

二回《かい》つづけてよみました。おむすびをむすぶ手ぶりまでつけてよみました。もっとよみたいという顔《かお》です。

画用紙《がようし》をめくると、こんどはあやちゃんがえらんだ『トマト』ができました。あやちゃんも指示棒《しじぼう》をにぎって、パネルの舞台《ぶたい》のまえにたちました。

トマト

荘司《しょうじ》 武《たけし》

トマトって
かわいい　なまえだね
うえから　よんでも　ト・マ・ト
したから　よんでも　ト・マ・ト
…………
…………

「ト・マ・ト」のところは、やさしくくぎってよみました。顔《かお》をみあわせながら、うなずきあってよんでいます。

よみおわったとき、あやちゃんは、パネルの舞台《ぶたい》のちかくにおいてあった、大きなうちわをあげました。ゆきこ先生がどこからかかってきてくれた、「しぶうちわ」というじょうぶな紙《かみ》のはってあるうちわです。うちわは赤《あか》くぬって、そこに「うまい！」とか「アンコール」なんてかいてあります。ゆきこ先生がつくりました。

ゆきこ先生は、このうちわをあげては、ほめてくれます。はげましてくれます。

あやちゃんがあげたうちわは「アンコール」でした。みじかい作品《さくひん》だから、くりかえしてよんでほしかったのでしょう。

さっきよりはずんで、さっきよりやさしくみんなでよみました。

すると、あやちゃんは「うまい！」のうちわをあげたから、親学級《おやがっきゅう》の友《とも》だちも大よろこびです。拍手《はくしゅ》がおこりました。

その拍手《はくしゅ》がなりやまないうちに、さなえちゃんが、絵本《えほん》の本だなへはしりました。そこから絵本を一さつひきぬいてきて、ゆきこ先生にさしだしました。『まちんと』という作品《さくひん》です。

さなえちゃんは『トマト』の詩《し》をよみ

ながら、まえに何回《なんかい》もよんでもらっている、この絵本《えほん》をおもいだしたようです。そして、親学級《おやがっきゅう》の友《とも》だちといっしょに、よみたくなったのでしょうか。でないことばで「よんで」といっているのでした。

「この絵本《えほん》をよみたいのね、みんなでよみたいのね。みなさんよんでもいいですか。」

ゆきこ先生がいいました。さんせいの拍手《はくしゅ》です。

ゆきこ先生の、しずかな声《こえ》が、あったかい声が、ことばになってながれました。

すこし　むかし

ちいさい子が

もうじき　三つになる子が
広島《ひろしま》に　すんでいて
昭和《しょうわ》二十年《ねん》八月六日《がつむいか》の朝《あさ》
げんしばくだんに
おうたげな
…………………………
…………………………

これは、松谷《まつたに》みよ子さんの作品《さくひん》です。

女の子はやけただれて、くるしんでねかされていたとき、トマトを口にいれてやったら、もうすこし、もうすこしってほしがって、おかあさんが、やっとひとつだけトマトをみつけてきたら、その子は、まちんと、まちんとといいながら、もう死《し》んでいた……。かなしい、せつない話《はなし》です。戦争《せんそう》のこわさを、うたった作品《さくひん》です。詩《し》のようなことばでつづられた絵本《えほん》でした。

〈のびのび〉の子たちに、ことばの意味《いみ》がどこまでわかっているのか……。でも、ゆきこ先生の声《こえ》からつたわってくる、この作品《さくひん》のねがいは、ちゃんとわかっているのです。

いつもはうごきまわって、絵本《えほん》がうまくきけないたかしくんまでが、ゆうた先生のひざにだかれて、じっときいてくれました、大ぜいの心《こころ》にひびいた感動《かんどう》が、たかしくんの心にもとどいたのです。

「かっ　ぱ　かっ　ぱ。」

あきらくんは、自分《じぶん》のだいすきな『かっぱ』のじゅんばんがくるのを、じっとまっていました。

ことばのゆっくりなあきらくんが、どうして、リズムのはやいこの作品《さくひん》がすきなのかと、ぼくはふしぎです。

ふたくみにわかれて、おいかけてよむことばあそびのおもしろさも、ちゃんとわかっていました。『かっぱ』という、はれつするような音《おと》が、みんなすきなんです。

かっぱ　　谷《たに》川《かわ》俊《しゅん》太《た》郎《ろう》

かっぱ　かっぱらった
かっぱ　らっぱ　かっぱらった
とってちってた　　ウン

（ウンは原文にはありません）

「ウン」ということばをくっつけて、いっそうおもしろくして、何回《なんかい》でもよみました。男の子と女の子にわかれて、おいかけよみもできました。あきらくんのうれしそうな顔《かお》、木にのぼって、雲《くも》とはなしている顔とは、まるでちがうあかるい顔です。

「ゆきこ先生。」

まきちゃんが、いきなりゆきこ先生をよびました。

「なあに。」

ゆきこ先生が、まきちゃんの顔《かお》をみつめています。

「『かっぱ』は、谷川俊太郎《たにかわしゅんたろう》っていう人《ひと》がつくったの。」

まきちゃんがききました。

「そうよ。」

ゆきこ先生が、うなずいています。

「楽《たの》しい詩《し》をつくるの、うまいねえ。」

まきちゃんが、かんしんしています。

「うん、うん。」

先生たちが、大きくうなずいています。

「うまいのがわかる、まきちゃんもすごいぞ。」

親学級《おやがっきゅう》の早川《はやかわ》先生が、手をたたきました。

「ほんと、すごい。」

ゆきこ先生がよろこんで、にじんできた涙《なみだ》を、指《ゆび》さきでおさえていました。そしていっぱいの拍手《はくしゅ》です。

みんなのすきな詩《し》を、よみおえました。

「ねえ、あれやろう。」

やすひろくんが、ゆうた先生にいっています。

「あれ。うん、あれな。」

ゆうた先生には、あれだけでわかりました。

〈のびのび〉の子は、楽《たの》しかった時間《じかん》は、あれでしめくくりたいのです。

そこでゆうた先生が、おんどをとりました。

「さなえちゃんの親学級《おやがっきゅう》、二年《ねん》二組《くみ》といっしょの勉強会《べんきょうかい》、とても楽《たの》しくできました。きょうも、三・三・七拍子《びょうし》でくくります。せーの」

シャン　シャン　シャン

シャン　シャン　シャン

シャン　シャン　シャン　シャン

　シャン　シャン　シャン

「ありがとう。」

「またねー。」

手をふりあっての、さよならでした。

カレンダーの下絵《したえ》も、そろそろいそがなければなりません。

校長《こうちょう》先生の足は、もうすっかりなおっていました。

あきらくんとおんどり

きょう、水曜日《すいようび》は、あきらくんが親学級《おやがっきゅう》へでむいていく日です。三、四時間《じかん》めの図工《ずこう》の授業《じゅぎょう》です。

毎週《まいしゅう》いっていて、みんながまっていてくれるのに、それでもきんちょうするのでしょうか、ぼくをいっしょにつれていきたがります。

「てっぺい、てっぺい。」

そういって、ぼくをかかえてでていきます。人形《にんぎょう》のぼくに、なにがで

きるわけでもないけれど、みんなの目が、はんぶんぼくにむくので、すこしだけ気《き》もちがらくになるのかもしれません。

〈のびのび〉のなかまも、この日はぼくをつれていくことをゆるしてくれます。どの子も、親学級《おやがっきゅう》へいく日は、ぼくをつれていくのですから……。

だからぼくは、いろいろな教室《きょうしつ》をのぞくことができるので、楽《たの》しんでいます。親学級《おやがっきゅう》は四年《ねん》一組《くみ》、林一郎《はやしいちろう》先生のクラスです。でも図工《ずこう》は専科《せんか》の先生だから、ちょくせつ図工室《ずこうしつ》へいきます。図工の先生は、小松康平《こまつこうへい》先生。図工クラブもうけもっているので、〈のびのび〉にはなじみのふかい先生です。

「やあ、あきらくん、てっぺいもいっしょか、まってたぞ。」

こうへい先生は、いつだって、あきらくんとぼくの頭《あたま》を、大きな手でくるくるなでてむかえてくれます。

「カレンダー、すすんでいるか。」

そういって声《こえ》をかけてくれるのも、いつものことです。

「あ、あ。」

それだけのへんじの中に、あきらくんは、いくつもおもいをこめているのです。にこにこの笑顔《えがお》になって、よだれをすすりあげました。

「きょうは、にわとりをかこうとおもうんだ。それで、あきらくんにたのみたいんだがね。とり小屋《ごや》へいって、おんどりを借《か》りてきてほしいんだよ。しいく係《がかり》の林《はやし》先生には、ことわってあるからな。」

こうへい先生は、あきらくんのかたをぽんとたたいて、たのみました。

「日直《にっちょく》も、いっしょにいってくれ。」

こうへい先生がいいました。日直《にっちょく》は、なおこちゃんと、はやとくんです。

あきらくんが動物《どうぶつ》ずきなことは、学校《がっこう》じゅうにしれています。とり小屋《ごや》をたてかえて、そのひっこしのとき、あきらくんは、おんどりをだいてうつしてあげました。ぱさぱさとにげまわっていたおんどりが、おとなしくあきらくんの手の上にのったときは、ぼくも見ていて、びっくりしました。先生たちにだって、できないことです。

あきらくんは、ぼくをだいたまま、日直《にっちょく》と三人《にん》で、とり小屋《ごや》へはしりました。

はやとくんが、とり小屋《ごや》のとびらをあけました。小屋《こや》の中まではいっていったあきらくんは、小さくしゃがんで「ト、ト、ト、ト」とよびながら、右のてのひらを上にしてまねきました。すると、とさかの大きなおんどりが、バサバササッと小さくはばたいて、あきらくんの手の上に、両足《りょうあし》をの

せてのりました。だれにでもなれているという、にわとりではありません。なぜか、あきらくんにだけはだかれて、三十分《ぷん》でも四十分でも、じっとしているのです。びっくりします。あきらくんのやさしさが、おんどりにはわかるのでしょうか、あんしんしたようにだかれているのです。

あきらくんは、ぼくとにわとりを両《りょう》うでにだいて、図工室《ずこうしつ》にもどりました。日直《にっちょく》は、あとからついてきただけです。

「あきらくん、すごーい。」

クラスのみんなが、よろこんで手をたたいています。まえにも、朝会《ちょうかい》でだいてみせてもらっているのに、また、感動《かんどう》してちかくまでよってきました。

「あきらくん、ほら、このいすにすわってくれよ。てっぺいもならんですわるといい。」

こうへい先生は、いすをふたつもってきて、ぼくたちをすわらせてくれました。

あきらくんは、両手《りょうて》でゆったりと、にわとりをだきなおしました。

「きょうは、このおんどりをかくぞ。あきらくんはかかないでおんどりだけをかく。ようくみてかいてくれ。」

こうへい先生のことばをきいて、みんなはせきにもどりました。自分《じぶん》のせきから、まだじっとおんどりをみつめている子、もうかきはじめている子もいました。おんどりは、あきらくんの手の上で、しずかにしています。ときどき首《くび》をまわして、あたりをながめたりしていました。

「せ　ん　せ、か　み。」

あきらくんがいいました。

「そうか、うん、あきらくんだってかきたいよな、どうしようか。」

こうへい先生が、あわてています。とにかく、つくえをよこにもってきて、その上に紙《かみ》とえんぴつだけをおきました。でも、先生だって、あきらくんにかわって、おんどりをだいてやることなど、できないことです。

あきらくんは、おんどりを左のひざにのせると、左うでだけでだきました。そして、右の手でかきはじめたのです。

おんどりをしっかりとみつめています。木の上のはっぱのまどから、雲《くも》をみつめているときとは、目のかがやきがちがっていました。

あきらくんは、画用紙《がようし》のほうはみようとはしません。おんどりだけをみて、まよわずにかいていています。ゆっくりとしかことばがでてこない、あきらくんの手が、しっかりとうごいています。

クラスのみんなも、ときどき、ぶつぶつとひとりごとをいいながら、かいていました。

教室《きょうしつ》をひとまわりしてきた、こうへい先生は、あきらくんのうしろにたって、その手のうごきを、じっとみつめていました。

あきらくんが、えんぴつをおきました。かきあがったようです。

「みせてもらうよ。」

こうへい先生が、あきらくんの絵《え》を手にとりました。

「うーむ、すごい。」

こうへい先生が、うなっています。

「みんな、みてくれ。あきらくんの絵《え》だ。先生はずっとみていたんだが、あきらくんは、画用紙《がようし》はみないでかくんだ。おんどりだけをみてかいた。だから、ほら、線《せん》がかさなったり、はみだしたりもしているけれど、それが、いいんだよな、生《い》きてるようだろう。このとさかをみてくれ、えんぴつでかいているのに、まるで、赤《あか》い色《いろ》がついているようにみえないか、すごいよ、すごい。」

こうへい先生が、ほめあげています。ぼくまでうれしくなりました。

「いまにも、コケコッコーってなきだしそうだね。」

「首《くび》のあたりが、いいんだよ。」

友《とも》だちからも、そんな声《こえ》がおこりました。それなのに、あきらくんは、もう、木の上で空《そら》をみつめているときの、ぽうっとした顔《かお》になっていました。

「あきらくんも、おんどりさんも、ごくろうさま。とり小屋《ごや》へかえしてきてくれ、ありがとう。」

先生にいわれてあきらくんは、おんどりになにかかたりかけながら、かえしにいきました。日直《にっちょく》もまたついていきました。

「かぎをかけてくるのを、わすれないでな。」

こうへい先生が、ねんをおしました。

「あきらくんにだと、なんであんなにおとなしく、だかれているんだろうか……。」

みんなはまだ、ふしぎがって首《くび》をかしげています。

「みんなの絵《え》も、なかなかいいぞ。」

こうへい先生は、みんなの絵《え》をみてまわってから、あきらくんの絵《え》を額《がく》にいれて、黒板《こくばん》のまえにたてました。

「いいよなあ、うん、すごい。」

こうへい先生が、またうなっています。

「先生よりうまい？」

男の子がいいました。

「うまいさ。かなわないよ。」

こうへい先生は、すなおにいいました。これまでだって、あきらくんの絵《え》はほめられたけれど、先生をこんなにうならせたのは、はじめてです。

そこへ三人《にん》がもどってきました。三人のうしろから、校長《こうちょう》先生までいっしょです。教室《きょうしつ》めぐりをしていた校長先生と、そのへんであったのでしょうか。

「いい絵《え》ができたんですって。」

校長《こうちょう》先生がいいました。

「みてください。すごいんですよ。」

こうへい先生が、じまんげにいいました。

「いまにも、とき、の、こ、え、をあげそうね。」

校長《こうちょう》先生も、目をほそくしています。

「紙《かみ》はみないで、モデルのおんどりだけをみてかくんですよ。」

こうへい先生がいいました。

「それで、こんなに、いきいきしてるんだ。モデルを、しっかりみつめてかくっていうことを、あきらくんがおしえてくれたのね。なるほど、なるほど。」

校長《こうちょう》先生が、なんかいもうなずいています。

「あきらくん、すごい。」

校長《こうちょう》先生は、あきらくんをだきよせて、せなかをとんとんしています。

ほめられてうれしいけれど、てれまくっているあきらくんです。校長《こうちょう》先生のうでをすりぬけて、ぼくをだきあげました。

「カレンダーは、てっぺいくんをかいたんでしょう。楽《たの》しみね。」

校長《こうちょう》先生にいわれて、ウフ……ってわらってみせたあきらくんです。

正彦《まさひこ》くんの作文《さくぶん》

きょう〈のびのび〉の子どもたちは、ちかくのおじさんの家《いえ》へ、柿《かき》をもらいにいきました。ゆりのき公園《こうえん》のさんぽのときに、しりあったおじさんです。

病気《びょうき》で、左の手足《てあし》がすこし不自由《ふじゆう》になって、リハビリのために、まいにちさんぽしているおじさんでした。

「庭《にわ》の柿《かき》がたくさんなって、たべごろだからとりにおいで。」

そういってもらって、大よろこびででかけました。それでぼくは、おるすばんです。

るすばんは、いつもは〈のびのび〉のへやでするのですが、きょうは校《こう》長《ちょう》室《しつ》です。玄関《げんかん》までみおくってくれた校長先生のところへ、まきちゃんがぼくをつれてきました。

「てっぺいくんを、おねがいします。」

そんなことをいって、おいていきました。それでさっきから、校長室《こうちょうしつ》のいすにすわっているのです。

校長《こうちょう》先生は、電話《でんわ》にでたりかきものをしたりと、とてもいそがしそうです。

休《やす》み時間《じかん》になりました。校長室《こうちょうしつ》のドアがあいて、男の子がはいってきました。図工《ずこう》クラブの、あの正彦《まさひこ》くんでした。うけもちのれいこ先生もいっしょです。

「ごくろうさま。」

校長《こうちょう》先生が声《こえ》をかけました。それでも、正彦《まさひこ》くんは、とてもかたくなっているようです。

「ほら、その、てっぺいくんのとなりにすわって。きょうは、てっぺいく

ん、ここでおるすばんなのよ。」

校長《こうちょう》先生がやさしくいっても、にこりともしない正彦《まさひこ》くんです。ときどき、〈のびのび〉へきてくれるときの、正彦くんではありません。なにかあったのでしょうか、ぼくは心配《しんぱい》になりました。

「よませてもらいましたよ。よくかいてくれました。ありがとう。」

校長《こうちょう》先生は、つくえの上からノートをもってきて、正彦《まさひこ》くんのまえへおきました。

「れいこ先生とも、もっとよくはなしあってね、できたらもうすこしくわしく、お兄《にい》さんのようすとか、そのときぼくがどうおもったか、ね。そのへんをかきこんでみてください。」

校長《こうちょう》先生がいいました。

「はい。」

正彦《まさひこ》くんが、はっきりといいました。どうやらそれは、作文《さくぶん》ノートのようです。かきにくいことを、心《こころ》をひらいてかいたのでしょうか、それをれいこ先生が、校長《こうちょう》先生にみせたようです。そして、もうすこしくわしくかいてみたらと、いっているのでした。

正彦《まさひこ》くんは、ノートをもってたちあがりました。かえりぎわに、ぼくのほっぺたをつっついていきました。気《き》もちがらくになったようです。

それから十日《とおか》ほどもたった、朝会《ちょうかい》のときです。校長《こうちょう》先生のお話《はなし》のあとで、正彦《まさひこ》くんが朝礼台《ちょうれいだい》にあがって、作文《さくぶん》をよみはじめました。このあいだの作文の、かきなおしができたようです。

ぼくのおにいちゃん

五―一　杉山正彦《すぎやままさひこ》

ぼくには、二つちがいのおにいちゃんがいました。おにいちゃんといっても、弟《おとうと》のぼくよりは、なんでもおくれていました。ことばもうまく、はなせません。ごはんも、いっぱいこぼしながらたべました。うんちやおしっこも、しっぱいばかりしました。

一さいのとき、高《たか》い熱《ねつ》をだして、熱は何日《なんにち》もつづいて、そのあと、うまく大きくなれなかったのだということです。

おかあさんは、ときどき、おにいちゃんが一さいになった誕生日《たんじょうび》の日の写真《しゃしん》をだしてきては、じっとながめていることがあります。

「こんなに、いきいきしたきれいな目をしていたのよね、かしこそうな顔《かお》をした、元気《げんき》な子だったのよ。」

おにいちゃんが赤《あか》ちゃんだった日の、ほんのすこしあんよができた日のことなど、なつかしそうにはなしてくれます、そんな日のおかあさんは、とてもうれしそうで、きいているぼくまでうれしくなりました。

いっぱい病院《びょういん》をまわったり、マッサージをたのんだり。それでもおにいちゃんは、自分《じぶん》のこともうまくできないままでした。

おとうさんもおかあさんも、絵本《えほん》をいっぱいよんでくれました。おにいちゃんとふたりできききました。

どこへいくのも、おにいちゃんといっしょでした。体《からだ》は大きくなっているのに、うまくあるけないおにいちゃんを、まわりの人《ひと》は「あの子どうしたの」っていう顔《かお》で、じろじろとみていました。

「うちのおにいちゃんは、病気《びょうき》をしたんです。はずかしがることないのよ。」

おかあさんは、ぼくにいいきかせるようにいいました。おとうさんやおかあさんといっしょのときは、へんな目をむけられても、どうということもなかったのに……。小学校《しょうがっこう》へあがって、友《とも》だちから、

「おまえんちの弟《おとうと》、ばかの学校《がっこう》へいってるんだろう。そばへいくと、ばかのばいきんがくっつくぞ。」

そういって、ぱあっとにげられて。

「弟《おとうと》じゃあないぞ、おにいちゃんだい。養護学校《ようごがっこう》はばかの学校とちがうぞ。」

ぼくは、そういっていいかえすのが、せいいっぱいでした。

「あれで、にいちゃんかよ。」

と、もっとからかわれて、おにいちゃんの、ゆがんだあるきかたまで、まねをするのでした。

そんなことをいわれたぐらい、なんでもないのに、ぼくはよわむしで、それからずっと、おにいちゃんとは、あるきたくなくなりました。お友《とも》だちも、ぜったいに、うちへよぶことをしなくなりました。だからいつでもひとりぼっちでした。

おかあさんに、

「正彦《まさひこ》、このごろおかしいよ。」

そういわれても、ほんとうのことが、はなせないままでした。

おにいちゃんは、それからもずっと病気《びょうき》がちで、ぼくが三年生《ねんせい》の秋《あき》に、なくなってしまったのです。

さびしくなって、ぼくはいっぱい泣《な》いたのに、どこかで、ほっとしていたような気《き》もするのです。そうおもったことがくやしくて、自分《じぶん》がかなしくなるのです。

それからまもなく、おとうさんの転勤《てんきん》で、ぼくは、ゆりのき小学校《しょうがっこう》へうつってきました。

〈のびのび〉の友《とも》だちは、おにいちゃんににています。ゆりのき小学校《しょうがっこう》は〈のびのび〉を大切《たいせつ》にしている学校です。はじめからこの学校だったら、ぼくだって、おにいちゃんのことを、あんなふうにおもわなかったろうにって、くやしくなります。ぼくが、よわむしだったからだって、はずかしくもなります。

ゆりのき小学校《しょうがっこう》は、息《いき》をするのが、とてもらくなところです。それは、

〈のびのび〉がまん中にいてくれるからだとおもいます。

〈のびのび〉のカレンダーをてつだいながら、ぼくが元気《げんき》をもらっています。

正彦《まさひこ》くんの作文《さくぶん》は、そこでおわりました。〈のびのび〉の子も、よくきいていました。〈のびのび〉のなかまは、ことばがみんなわからなくても、声《こえ》からつたわってくるおもいは、ちゃんとわかるのです。

正彦《まさひこ》くん、よくそこまでかいたね。〈のびのび〉のつえになりながら、だんだん心《こころ》をひらいてくれたんだろうね。

いっぱいの拍手《はくしゅ》をもらって、正彦《まさひこ》くんは五年《ねん》一組《くみ》の列《れつ》へもどっていきました。

「それぞれの教室《きょうしつ》へもどって、正彦《まさひこ》くんの作文《さくぶん》のことを、はなしあってみてください。」

校長《こうちょう》先生は、みじかくそういっただけでした。

教室《きょうしつ》へもどってきた〈のびのび〉の子どもたちに、ゆきこ先生はいいました。

「正彦《まさひこ》くんの作文《さくぶん》、ちゃんときけました。うれしくなりました。」

ゆきこ先生は、それだけいって、ひとりひとりの頭《あたま》を、ぐりぐりとなでて、ほめてくれました。

そのとき、あきらくんが、パネルの舞台《ぶたい》にたててある詩《し》の中から『かたつむり』をぬきだして、

「こ　れ、よ　も。」

そういったのです。

「よもう、よもう。」

のりこ先生の目が、うるんでいました。

かたつむり

リューユイ

かたつむり
おかしいな
めだまがつのの
うえにある
かたつむり
おかしいな
おうちをしょって
あるいてる
おかしくない
おかしくない
めだまがうえなら
よくみえる
おかしくない
おかしくない
てきに あったら
もぐりこむ

かたつむり
のろいなあ
うごかないのと
おんなじだ
かたつむり
おかしいな
おなかが そっくり
あしになる
のろくたって
のろくたって
とまらなけりゃ
いいんだよ
おかしくない
おかしくない
あしがおおきけりゃ
あんぜんだ

大きな声《こえ》でよみました。あかるい顔《かお》でよみました。
カレンダーは、もうすりにはいっています。
正彦《まさひこ》くんたちも、時間《じかん》をみつけては、まいにち、おうえんにきてくれます。

さよなら　てっぺいくん

カレンダーはもう、ほとんどできあがっていました。二色《しょく》ずりのいんさつは、たいへんでした。図工《ずこう》クラブのみなさんにたすけられながら、がんばってすりました。

あきらくんがかいてくれたぼくは、木の枝《えだ》にすわって、五月《がつ》のはっぱのまどから、空《そら》をみている図《ず》がらです。

五月《がつ》、てっぺいがきた、てんてんてん。

「カレンダーできたら、てっぺかえっちゃうんだものな。」

さよならの日がちかいことを、あきらくんはしっています。

さなえちゃんは、朝《あさ》からぼくをだきしめて、はなしてくれません。ひさおくんととりあいになって、泣《な》いてしまうのは、いつも、さなえちゃんです。さなえちゃんの、カレンダーのうけもちは、八月《がつ》のはなびの絵《え》、くらいやみの中に、はなびの黄色《きいろ》がはぜている絵が、なかなかうまくかけました。

ぼくだって、さよならがつらくなっています。

子どもたちがかえってしまった〈のびのび〉の教室《きょうしつ》は、わすれものでもしたようにしずかです。

さっきから、先生たち三人《にん》ではなしあいをはじめています。どうやら、ぼくを、いつかえすかの相談《そうだん》のようです。

「土曜日《どようび》の午後《ごご》、みんなかえったあとで、そっとかえすのはどうですか。」

ゆうた先生が、ぼそっといいました。

「しらないうちに、いなくなったってわかったら、たいへんですよ。」

のりこ先生が、心配《しんぱい》しました。

「やっぱり、ちゃんとさよならさせましょう。」

ゆきこ先生が、きっぱりといいました。

そこへ、のそっとはいってきたのが、図工《ずこう》のこうへい先生です。手には、なんだかぼくによくにた、人形《にんぎょう》をかかえていました。

「どうしたんですか、その人形《にんぎょう》。」

のりこ先生の声《こえ》が高《たか》くなって、たちあがりました。

「てっぺいくん、かえっちゃうんでしょう。さびしくなるとおもって……。」

こうへい先生は、ちょっとてれながらいいました。こうへい先生が、ぼくににた人形《にんぎょう》をつくってきてくれたのです。

「まあ、うれしい。よかったね。」

「ありがとうございます。よかったあ。」

ゆきこ先生とのりこ先生が、いっしょにかんせいをあげました。

「そういうことなら、そっとかえして、あたらしいてっぺいをおいとけばいいね。」

ゆうた先生は、どうも、ぼくをそっとかえしたいようです。泣《な》かれるのがいやなのでしょう。ぼくだって、そのほうがたすかります。

「でもね……。」

ゆきこ先生には、なにかかんがえがあるようです。

「さよならのさびしさも、ちゃんとうけとめてみないとね。泣《な》くことだってだいじなことでしょう。せめて二、三日、てっぺいくんのいない教室《きょうしつ》でくらしてみて、そのあとに、こうへい先生からのプレゼントをいただくのよ。」

ゆきこ先生は「どう?」という顔《かお》で、先生たちのようすをうかがっています。

「そうでした。」

ゆうた先生が、ふかくうなずいています。

「子どもといっしょに、泣《な》きます。」

のりこ先生も、心《こころ》をきめたという顔《かお》です。

「そうだよね、それまでは、図工室《ずこうしつ》にねかしておきます。」

こうへい先生も、なっとくというさわやかなようすでした。

ぼくはだまってきいていて、胸《むね》をあつくしていました。

はじめて〈のびのび〉へきた日の、不安《ふあん》な気《き》もち、みんなに出会《であ》えたうれしさ。〈のびのび〉のなかまといっしょに、朝会《ちょうかい》にもでました。いくつもの親学級《おやがっきゅう》へもいってみました。たくさんの詩《し》もよみました。口から音《おと》にして、ことばにしてだせないさなえちゃんだって、ぼくをだいて、せなかをとんとんとんたたきながら、詩《し》をよんでくれました。

十二月《がつ》十九日《にち》、土曜日《どようび》〈のびのび〉の、てんてんてんカレンダーが、できあがりました。

表紙《ひょうし》の絵《え》は、つえをついたゾウです。

この日は朝会《ちょうかい》はない日ですが、とくべつに朝会をしました。体育館《たいいくかん》朝会《ちょうかい》です。

校長《こうちょう》先生は、できたばかりのカレンダーをもって、みんなのまえにたちました。

「ことしも〈のびのび〉のみなさんが、楽《たの》しいカレンダーをつくってくれました。図工《ずこう》クラブのみなさんも、いいつえになってたすけてくれました。ごくろうさまでした。」

校長《こうちょう》先生は、カレンダーをめくりながら、みんなに紹介《しょうかい》してくれました。それから、カレンダーをもった〈のびのび〉のなかまと、図工《ずこう》クラブの人《ひと》たちが、だんの上にあがりました。自分《じぶん》がつくった「月《つき》」をひらいてみてもらいながら、一月《がつ》からよんでいきました。

一月《がつ》　どんどんやきうれしい　てんてんてん
二月　ゆきだるまころころ　てんてんてん
……………………………………

くろうしてしあげたよろこびで、よむ声《こえ》もはずみます。

よみおわるのをまって、教頭《きょうとう》先生がまえにたちました。

「それでは、カレンダーができあがったことを、よろこんで、三・三・七拍《びょう》子《し》でいわいましょう。ヨウ。」

教《きょう》頭《とう》先生のあいずで、シャン　シャン　シャンの手拍子《てびょうし》が、体育館《たいいくかん》いっぱいにひびきました。〈のびのび〉の友《とも》だちが、このリズムで元気《げんき》になることを、みんながしっていての手拍子です。

こんどは、校長《こうちょう》先生は、ぼくをだいてみんなの前《まえ》にたちました。

「てっぺいくん。」

そんな声《こえ》が、あっちこっちからかかりました。

「五月《がつ》からずっと〈のびのび〉のなかまになってくれた、てっぺいくんでした。みんなとも、なかよしになってくれましたね。そのてっぺいくんが、てんてんてんカレンダーをおみやげに、きょういっぱいで、かえで小学《しょうがっ》校《こう》の佐藤《さとう》先生のところへ、かえっていくことになりました。てっぺいくんは、なにもいわないけれど、いっぱいはげましてくれました。楽《たの》しませてもくれました。みんなで『さよなら』のうたをうたって、ありがとうをいいましょうね。」

校長《こうちょう》先生が、しずかな声《こえ》でいいました。ありがとうをいわなければならないのは、ぼくのほうです。

のりこ先生のピアノにあわせて、うたがながれました。〈のびのび〉のみんなもうたっています。

さなえちゃんが、きゅうに泣《な》きだしました。ゆきこ先生がだきよせて、せなかをとんとんしています。

「さよなら、だめ、だめ。」

ひさおくんが、さけんでいます。

ゆきこ先生が、さなえちゃんといっしょに、だきよせました。

あきらくんは、口をとじたまま、

うたおうとはしません。

「さよならの涙《なみだ》もだいじにして」と、ゆきこ先生はいったけれど、ぼくもせつなくなりました。

朝会《ちょうかい》はおわりました。ぼくは〈のびのび〉のみんなに、かわるがわるだいてもらって、教室《きょうしつ》へもどりました。

「さあ、てっぺいくんといっしょに、カレンダーをくばってきましょう。」

のりこ先生とゆうた先生につきそ

ってもらって、一年生の教室《きょうしつ》から、じゅんにくばってまわりました。

「来年《らいねん》のカレンダーです。教室《きょうしつ》にかけてつかってください。」

かわりばんこにあいさつもして、くばりました。校長室《こうちょうしつ》へも職員室《しょくいんしつ》へも、主事《しゅじ》さんのへやへもさしあげました。

「ありがとう。」

「ごくろうさま。」

そんなことばをもらうと、うれしくなります。泣《な》きべそだったさなえちゃんも、カレンダーをさしだすときは、にこにこのいい顔《かお》になっていました。

それから、〈のびのび〉でのさよならです。

はじめてあった日とおなじように、ひとりずつだっこしてくれました。

あきらくんは、あの日とおなじように、せなかをとんとんしてくれました。ぼくをさかだちさせてむかえたひさおくんは、いつまでもほおずりをしてくれました。さなえちゃんはぼくをだいたまま、教《きょう》室《しつ》のすみまでいって、だきしめてくれました。

「さ、みんなでまた、詩《し》をよんでさよならね。なにがいいかな。」

ゆきこ先生がいいました。

「みかんの　へや」

みんなの声《こえ》がそろいました。このごろよんだ作品《さくひん》の中で、一ばん気《き》にいっている詩《し》です。しっかりよみこんでいて、そらでもよめる作品です。

みかんの　へや　　よだじゅんいち

ひい
ふう
みい
よう
いつ
むう

なあ
ツーンと　すっぱい
かおりです、
みかんの　なかには
へやが　ある。

……

……

「よみながら、校長室《こうちょうしつ》までおくって、それで、てっぺいくんと、さよな

らね。」
ゆきこ先生がいいました。
詩《し》のことばをとなえながら、おくってくれました。

すっぱい　あぁまい
この　ふくろ
かぞえて　いれたの
だれでしょう。

校長《こうちょう》先生は、へやの戸《と》をあけて、まっていました。
「ありがとう、ゆきこ先生に、ちゃんとおくってもらいますからね。」

校長《こうちょう》先生が、ぼくをだきとってくれました。

「てっ　てっ　てっぺい、バイバイ。」

あきらくんが、いいました。

「てってっ　てっぺいくん、バイバイ。」

みんなの声《こえ》がそろいました。

「てっ　てっ　てっ　てっぺー。」

さなえちゃんがよんでくれたのです。さなえちゃんの口から、音《おと》がでたのです。「てっぺー」って、ぼくにも聞《き》こえる声《こえ》で、よんでくれました。

はじめてよんでくれました。

「さなえちゃん。」

「さなえちゃん。」

「よべたね、てっぺーくんてよべたね。」

ゆきこ先生が、さなえちゃんを、しっかりとだきしめています。

「もういちどてっぺいくんバイバイを、いっしょにいおう。」

ゆうた先生の声《こえ》も、うわずっています。

「てっ　てっ　てっぺー　バイバイ。」

うれしいさよならができました。

さなえちゃんのことばを、もういちどきかせてもらえた、さよならでした。

あとがき

サトパンの教室《きょうしつ》へかえってきて、三学期《がっき》をむかえました。やっぱりほっとしています。

ぼくがもらってきた、おみやげのカレンダーをみんなでよんで、三学期《がっき》のスタートにしてくれました。

〝てっぺいがきた、てんてんてん〟そこを一ばんよろこんで、くりかえし三回《かい》もよんでくれました。

「てっぺいくん、よかったね。〝のびのび学級《がっきゅう》〟は楽《たの》しかったんだね」って、みんなでよろこんでもくれました。

〝ゆりのき小学校《しょうがっこう》〟は、ほんとうに楽《たの》しかった。〝のびのび〟を学校のまんなかにおくことで、みんながやさしくなれたんだと思う。正彦《まさひこ》くんがいったように、息《いき》をするのがらくな学校でした。サトパンの教《きょう》室《しつ》ともにていました。

きょう、ぼくあてに〝のびのび〟のみんなから、よせがきの手紙《てがみ》がとどけられました。

てっぺいくんとさよならをして、とってもさびしかったよ／さびしがっていたらね、てっぺいくんのおとうとが、きてくれました／こうへいせんせいが、つれてきてくれました／てっぺいくんによくにているよ。そっくりだよ／それでみんなでなまえをつけました／てっぺいくんに、にているなまえにしようってね／〝かっぺいくん〟になりました。あきらくんがつけたなまえだよ。それで、みんながさんせいした〝かっぺいくん〟です／てっぺいくん、また、あそびにきてね。ほんとうにきてね／

〝かっぺいくん〟のにがお絵《え》もかいてありました。

　きょうは、あったかい日です。〝のびのび〟のみんなは、きょうも公園《こうえん》へ散歩《さんぽ》にでかけたでしょうか。木の葉《は》がおちてしまった公園《こうえん》もいいだろうなあって、思《おも》い出《だ》しています。

水《みず》木《き》哲《てっ》平《ぺい》

●新装版によせて

詩で仲間《なかま》とつながった子どもたち

その日は、お客《きゃく》さまをお招《まね》きしての公開授業《こうかいじゅぎょう》でした。五組（特別支援学級《とくべつしえんがっきゅう》）のカレンダーをお送《おく》りしている宮川《みやかわ》先生は、ゆりの花をいっぱいかかえておいでくださいました。初《はじ》めての出会《であ》いです。そして生《う》まれた『天使たちのカレンダー』。この物語《ものがたり》のモデルになった子どもたちの中から、ある男の子のあゆみを紹介《しょうかい》します。

＊

K《ケー》くんは、入学《にゅうがく》した時から全《まった》く言葉《ことば》が出ませんでした。本を読《よ》みきかせても興味《きょうみ》がなく、席《せき》に座《すわ》っていることができません。あっという間《ま》に片足《かたあし》けんけんしてプレイルームへ行ってしまいます。むりやり座らせると、近《ちか》くの子をつねったり、ひっかいたり、両手《りょうて》を耳《みみ》に当《あ》ててうつぶしてしまったり……。

ところが、いつからか、Kくんが席についているではありませんか。それは、毎朝《まいあさ》、大判《おおばん》の詩集《ししゅう》をパネルの舞台《ぶたい》に立てて、みんなで読むようになったからです。

この詩集は「カレンダーのうた」から始《はじ》まって、十三番目《ばんめ》に、谷川《たにかわ》俊《しゅん》太郎《たろう》の「かっぱ」が出てきます。Kくんはその「かっぱ」を待《ま》っていたのです。「かっぱ」が出ると、にっこり。うれしそうです。

そのうちに、このページが近づくと、前に出てきて自分《じぶん》でページをめくります。読む声《こえ》に合《あ》わせて手を打《う》ちます。さらに、詩の文字《もじ》を指《ゆび》さすようにもなりました。ある朝、詩集が用意《ようい》してあると思《おも》ったら、Kくんがセットしてくれたとのこと。その後《ご》は子どもたちが、きそって詩集の用意をしていました。

お気《き》に入《い》りの詩はどんどん増《ふ》えて、全身《ぜんしん》で詩を表現《ひょうげん》する子どもたちは、ほんとに楽《たの》しそう。

休《やす》み時間《じかん》になると、Kくんはまっ先《さき》に詩集を開《ひら》いて指さしをします。すると、上級生《じょうきゅうせい》が寄《よ》ってきて読んであげます。人との関《かか》わりに全く関心《かんしん》のなかったKくんが、友《とも》だちの輪《わ》の中に入《はい》って、じっと聞《き》いているのです。

三十八編《ぺん》もある詩集のどこに、何《なん》の詩があるかわかっているのでしょうか、「Kくん、川崎洋《かわさきひろし》の『とる』めくって。」とたのむと、さっと開くのです。どの詩もさっと開くのです。ふしぎな力です。

二年生の冬休《ふゆやす》み、カナダへ行った時《とき》も、詩集のおかげで、機内《きない》での長い時間《じかん》をあきずに過《す》ごせたと、お母《かあ》さんは喜《よろこ》んでおられました。

「言葉に全く興味を示《しめ》さなかったKが、言葉のリズムの楽しさを知ったのが詩でした。Kがもっともっと心をはずませるようなものに出会《であ》えればいいと思います。」

と、共感《きょうかん》の思いを寄せてくださいました。

Kくんは、カレンダーの印刷《いんさつ》には、驚《おどろ》くほどの力を発揮《はっき》しました。インクの具合《ぐあい》を確《たし》かめ、むらなく刷《す》り上《あ》げる技《わざ》はプロ級《きゅう》だと、担任《たんにん》のひとり、伊藤《いとう》先生も感心《かんしん》していました。その年は、みんな詩が好《す》きなので、詩のカレンダーです。

完成《かんせい》したカレンダー十二か月を張《は》り出《だ》すと、Kくんは長い棒《ぼう》を持《も》ってきてさしていきます。アーアーというKくんの声は、詩の言葉となって、わたしたちの心にひびくのでした。

指さしの楽しさを覚《おぼ》えたKくんは、新聞《しんぶん》、雑誌《ざっし》、紙袋《かみぶくろ》などへ興味が広がり、文《も》字《じ》をさしては先生方《がた》に読んでもらっていました。

登校《とうこう》したはずのKくんがいないとあせれば、職員室《しょくいんしつ》で新聞を見ているのでした。

こうしてKくんは漢字《かんじ》を覚え、言葉をたくわえました。

名前《なまえ》を呼《よ》べないので日直当番《にっちょくとうばん》はできなかったのですが、字を覚えたので氏名《しめい》カードで出席《しゅっせき》をとる方法《ほうほう》をとり入れると、Kくんはよくわかって、てきぱきやってのけました。

興味があること、できることが増《ふ》えていったKくんの成長《せいちょう》ぶりは目覚《めざ》ましく、もう片足けんけんだけのKくんではありません。

公開授業の日。言葉の出ない子も楽しめるように、二十編の詩の中に「とる」を入れました。絵の苦手《にがて》なわたしは、切ったりはったりコピーしたりして、おすもうさんの絵を用意しました。苦心《くしん》の作です。

「はっけよい　すもうとる」に合わせて絵を出したとたん、Kくんは寄ってきて、おすもうさんに「チュッ‼」みんなどっと笑《わら》い、教室《きょうしつ》の空気《くうき》はうき立ちました。

「おすもうさん大好《だいす》き。おすもうやりたい。」

言葉にならなくても、Kくんの思いがみんなに伝《つた》わったのです。

「Kくん、おすもうやろうか。」

すかさず、田中先生がさそってくださって、「はっけよい　すもうとる」の詩そのものです。

「Kくんがんばれ」

「がんばれKくん」

声援《せいえん》のとびかう中、みんなの心はひとつになって、授業ははずみました。

発語《はつご》なくも手がある目がある耳もある
児《こ》らと愛《め》で来《こ》し美《うつく》しき日本語《にほんご》

ためらわずに、自分の気持《きも》ちを体で伝えたKくん。それを読みとった仲間たち。

そのかけはしとなったのは詩の言葉です。リズムある言葉です。

美しい日本語を全身《ぜんしん》に浴《あ》びて、心はずませ、仲間とつながり、やさしい世界《せかい》を広げてゆく子どもたちです。

＊

天使たちと過ごした夢《ゆめ》のような日々《ひび》から十五年の月日《つきひ》が流《なが》れました。

「わたしはもう二八さいです。でも、今《いま》でも詩集読んでます。てんてんてん大すきです。」

と、A《エー》ちゃんから。

わたしのそばを通《とお》るたびに、ぴょんぴょんけろけろと歌《うた》っていたH《エイチ》くんのお母《かあ》さんから、

「Hは、今もまだ先生に作っていただいた詩集を開いてはノートに書《か》き写《うつ》し、余暇《よか》を楽しんでいます。詩集ははなせません。」

と、うれしい便《たよ》りが届《とど》きました。
いちばん喜《よろこ》んでいるのは、天使たちに出会い、こんなに大事《だいじ》にしてもらっている百六十編の詩たちかもしれません。

二〇一二年二月八日

羽場百合子《はばゆりこ》

出典
「たんぽぽさん」神沢利子・詩『おやすみなさい　またあした』(国土社) より★
「たんぽぽ」川崎洋・詩『しかられた神さま』(理論社) より★
「みんながうたう　てんてんてんのうた」工藤直子・詩 (童話屋) より
「おむすびいつつ」都築益世・詩『赤ちゃんのお耳』(国土社) より
「トマト」荘司武・詩『トマトとガラス』(かど創房) より★
「かっぱ」谷川俊太郎・詩『ことばあそびうた』(福音館書店) より
「かたつむり」リューユイ・詩『少年少女世界文学全集 50』(講談社) より
「みかんのへや」与田準一・詩『ははははるだよ』(金の星社) より
『まちんと』松谷みよ子・文　司修・絵 (偕成社) より
★ JASRAC　出 1201794-201

参考資料
『「言葉遊び歌」が発語を促す』堀田喜久男・著 (明治図書)
『播きて育てて』羽場百合子歌集 (かど創房)
毎日新聞 昭和 46 年 6 月 20 日「耳コミ」(山中靖子さんの投書)

取材協力
東京都板橋区立赤塚新町小学校・五組

天使たちのカレンダー　**新装版**
2012 年 3 月 15 日　第 1 刷発行

作・宮川ひろ
絵・ましませつこ
装丁・コガシワカオリ
発行所　株式会社 童心社
〒 112-0011 東京都文京区千石 4-6-6
電話 03-5976-4181 (代表) 03-5976-4402 (編集)
印刷・製本　図書印刷株式会社

Published by DOSHINSHA printed in Japan

http://www.doshinsha.co.jp

ISBN978-4-494-01338-8

NDC913　20.6 × 15.4cm 200p

＊本書は 1998 年に小社より刊行された『天使たちのカレンダー』の新装版です